凤鸣嗜语集

韩长建 著

中国文联出版社

图书在版编目（CIP）数据

凤鸣嘒语集 ／ 韩长建著 . -- 北京：中国文联出版
社，2025.1. -- ISBN 978 - 7 - 5190 - 5790 - 9

Ⅰ. Ⅰ217.2

中国国家版本馆 CIP 数据核字第 2025TM5489 号

著　　者　韩长建
责任编辑　李　民　周　欣
责任校对　秀　点
装帧设计　中联华文

出版发行　中国文联出版社
地　　址　北京市朝阳区农展馆南里 10 号　　　　邮编　100125
电　　话　010 - 85923025（发行部）　　　　85923091（总编室）
经　　销　全国新华书店等
印　　刷　三河市华东印刷有限公司

开　　本　880 毫米×1230 毫米　　　1/32
印　　张　6.75
字　　数　125 千字
版　　次　2025 年 1 月第 1 版第 1 次印刷
定　　价　68.00 元

序

当您翻开这本书的时候，一定很好奇地问，为什么书名叫《凤鸣嗜语集》？因我书案上常常放着清朝末期曾祖父给我爷爷、大伯父购买的上海广益书局石印的《古文嗜凤》，我阅读后受其启发而作。这本书也曾作为新中国成立前俺家私塾的国文教科书，父亲高小毕业前在私塾常读此书，甚是喜爱，传之于我保缮。我也给朋友们形容其为古人参加科举考试的"优秀作文集"。本书由其得名，虽有自诩之嫌，但不失雅致。

常言说，一个人要破万卷书行万里路，方能得到真知灼见，格物致知。在历史上涌现出了许多让我学习敬佩的典范，如头悬梁锥刺股的故事、孔子授课礼乐、苏秦游说、唐宋八大家、蒲松龄茶铺集事、徐霞客周游等故事。尤其是韩愈、李白、杜甫、白居易、苏轼等的文章耐人寻味，我最爱研读，颇受启发，废寝忘食。我在学习工作的过程中，也触动了灵感，尝试着模仿创作，虽才疏学浅，悟性愚钝，但笔耕不辍地积攒出了自己心声的成果，呈现给大家品评。为此我甚感欣慰。

此书的内容包含了游记、理论研究、诗词歌赋、日记随笔、书信、回忆录等内容。内容有点庞杂，时间跨度又长，可能会给您阅读时造成思维不停转换"频道"的现象，其实每个篇章内容都是以时间为顺序的，阅读起来并不费事。或感谢党和组织的信任培养，或抒发游山玩水的快感，或回顾求学的辛酸，或表达为人父的慈爱、为人子的孝心，或表达对友情的珍惜，或对自己回顾的自明，可谓直抒胸臆，坦诚肺腑。我最担心的是诗词歌赋部分因是仿作拙作，格律难免差错，细究查漏，让人见笑。还好我已习惯了友好的同行经常对我品头论足，我非常理解和感谢他们善意的帮助。

今天，我们工作生活在物华盛世、国泰民安的社会里，感到很幸福！领导、同事、家人和朋友是我们每个人都离不开的。他们对我的关心爱护和培养支持，一直是我努力学习创作的动力与信心源泉。要说编著此书的目的有两个：一是对我个人五十多年来的学习工作生活回顾小结；二是将我这点微薄的成果留予亲朋好友，作为茶余饭后的话题，让我们一并幸福快乐地前行。至于有多少社会意义，我觉得微乎其微，不敢多言。

让嚣言永鸣，让谐歌永唱，让凤飞祥天，让盛世永续，这是我最大的心愿，也是我作此序的初衷。

2024 年 4 月 17 日

●●●●●● 目 录

游记篇

研究篇

诗词歌赋篇

日记篇

心得随笔篇

书信篇

回忆篇

游记篇

游泰山观日出

1997年5月16日至18日，我与县交通局机关的同志到山东泰山游玩。泰山真是一座名山，攀登者真多。我们因到的时间较晚，自带的车把我们送到山脚下已近傍晚。我们决定利用晚上登泰山观日出，于是从岱宗坊进门向上登了两个小时，在中天门每人吃了一碗7元比较贵的白水面条后继续前行，在17日夜里2点10分左右到达了十八盘。此时一部分同志已累得筋疲力尽不愿再爬，找地方住宿歇息去了。

我和小民等同志继续爬山。从"升仙坊"到南天门这一段真难爬，特别是十八盘云梯，我们已累得上气不接下气啦！凌晨4点多的时候，我们爬到了南天门，气温很低，每人租件军大衣便顺着天街争先恐后地去看日出。看日出的地方人山人海，无比拥挤。此时天渐渐放亮，约5点10

分时候，太阳从蔚蓝的大海中徐徐升起，开始如月牙，继而成半圆，少顷变成了一个大红球，美仑美奂，景象非常壮观，众人齐呼欢跃。我与小民幸运地站在一块巨石上，看得比较清楚，大饱了眼福。观看日出后，我们乘坐索道缆车下山了。

从泰山开车又到了济南，我们参观了植物园和趵突泉两个景点。趵突泉景区并不大，但泉水很清澈，据说如果去的不是季节，看到汩汩清泉倒是一件奢望的事。

大多数同志都是第一次出来旅游，也都想去青岛看看，无奈时间不允许，路又远，所以未能成行。

返程的路上我们又到曲阜，参观了"三孔"胜地，即孔府、孔庙、孔林。齐鲁大地真是文化源远流长，气势宏伟壮阔。孔子为中国儒教文化的创始人，不仅留下了宝贵的精神财富，也为世人带来了可观的旅游效益。

这次山东之行，让我终生难忘，开阔了眼界，体会到了读万卷书行万里路的快乐，也让我在入职数年后从繁忙的公务中得到了闲暇宽慰。

1997 年 5 月 18 日

女儿考研之路

刚才看了中国人民大学研究生官网，上面赫然公示的有女儿的名字，让我久悬一个月惴惴不安的心终于放进肚里啦！考研考研，其实也是考验。考验一个人的学力，考验一个人的心理承受能力，也是对一个家庭整体协和水平的最大考验。

因为我孩子参加了，我们参与了，所以我们知道，我们才有深刻的体验。

记得是在2016年除夕晚上，一家三口吃着香喷喷可口的团圆饭的时候，我们召开了例行的家庭总结会。我、孩子和妻子都先后发了言，总结了一年的成绩收获，畅谈了新年的具体打算。女儿的重要想法就是打破当年高招失利给她带来的几年来都让她难以释怀的遗憾——没能考进理想的一本院校。她决心破釜沉舟、背水一战，向中国人大的研究生冲刺！我和妻子都赞成，同时也担心她能否成功，毕竟人大是我国一所具有悠久历史的著名的人文大学。当年我也是可望而不可即，只有凤毛麟角者才能进去深造。

我虽然没有从事教育，但我受教育之益很多。自邓老先生登黄山以来，我国恢复了高考制度，让广大青年学子尤其是广大农村寒门学子在无奈中找到了一条改变命运的人生道路。我当然也是受益者。至1998年左右高等院校分为重点、普通、成人等，还有统招的中等专业学校，因为是计划招生，很不好考进的。而此后因高考扩招和民办高校如雨后春笋般地兴起，就有了985高校、211高校之说，中国人大也于2003年被教育部评定为985高校，当然也是211高校。在招研方面，属全国34所自主划线院校之一。

女儿正式进入考研复习是在2016年3月，她通过网上联系了人大的师姐，询问了考研的一些具体问题，如怎么复习、报什么辅导班、看哪些资料、如何统筹合理安排时间，等等。一个人一旦有了目标理想，就会激发自身潜藏的力量，去积极认真地达到所要的结果。我清楚地记得去年暑假，她一放假就说不能在家玩，要回学校去复习，给人一种学习忙碌迫切之感，也不由让望女成凤的家长倍感心疼！因她的六龄齿小时候被虫蛀过必须修复，很麻烦的，为不影响学习，我们就选择了家门口的一所私人牙医诊所。

还好，修补得很完美。孩子整个暑假，几乎都在学校度过，全身心投入考研备战。

为什么要考研？有时我也在思考这个问题。面对当前我国的经济形势、教育现状和就业压力，年轻的大学生只有考研才能更好地就业，才能更好地实现个人的价值。当前，宽裕的就业群体导致了人才竞争压力的上升。每个家长都期望子女通过良好的教育改变命运，谋好人生锦绣前程。我们一样，尊重孩子的选择，支持孩子梦想成真。

考研复习是艰苦的。尽管不缺衣食，孩子也没有过多向我们倾诉学习的艰辛和苦楚，其实我们也知道，晚上 11 点之前，孩子的电话往往打不通，因为怕影响学习就不带手机；怕勤上厕所，不敢多喝水。有次我去送面包看望她，只见她手里拿着学习资料匆忙地从楼里出来，给我一种人瘦心疲的感觉，我顿生心疼之情。后来初试成绩出来后，孩子才领着我实地察看了她们备战的阵地——在一个狭长的仅能错过身的楼道里塞满了密密麻麻的桌子和凳子。因学生多、教学场地紧张，学校不会专门提供考研教室的。

考研的初试时间是 2016 年 12 月 25—26 日两天。2017 年春节一过，我们几人都开始念叨什么时间公布初试成绩。孩子也纠结自己到底考得怎么样，说实在的是心里没底。2 月 16 日人大公布了初试成绩，孩子考了 404 分，真是大喜过望！孩子看到她成绩的一刹那，顿时搂着我大哭了起来，各种压抑和兴奋等情绪瞬间爆发出来了。我一边安慰孩子，一边也为孩子高兴。毕竟孩子通过刻苦复习考出了比预测高出许多的好成绩。

2月最后一天，人大的官网公布了复试的名单和办法，我们全家欣喜异常，同时着手准备进京"赶考"。3月1日晚上，我们乘坐郑州至北京西的1488次列车向北京进发了，于次日10点左右到达了北京西站，出站后直接坐374路公交约行半个小时到达了人大的西门。

中国人大是一所人文学科的名校，过去我上高中时就慕名想上该校，可惜高考成绩达不到要求，只得空留遗憾。这次女儿考研复试也圆了我的梦，给了我们一个难得的学习机会。当我们漫步人大校园时，感觉步伐是那么的轻快，含苞待放的玉兰花是那么的漂亮鲜艳，匆忙来回穿梭的莘莘学子是那么的有激情活力。我们首先熟悉了校园环境，考察了孩子报考的农发院的一些情况，增加了许多对人大的感性认识。当然，来自全国各地的考生和家长都在人大熟悉情况，感受着大学殿堂的人文气息，怀揣着孩子成功的梦想。当别人还在梦乡陶醉的时候，我已经起床忙碌了。当别人歇息的时候，我还在路上。因为我很明白，在中国这个古老的国度里，父母的期望都寄托在子女身上，付出多，索取少。已有遗憾，后辈弥补。正像当年我的梦想要考中国人民大学一样，主客观条件的限制，我未能如愿。可30年后的今天，我的女儿延续了我的美梦，一步一步走向成功的现实。在中关村大街59号，我们一起高呼：中国人大，你好！我们终于来啦！

我们在人大北边约走20分钟路程的京国奥宾馆住下了。感觉房间还可以，楼下有很多小吃，饭菜比较可口。北京不愧是我国的首都，人才济济，就连厨师也要有拿手的厨艺本领，否则，难以安身发展。

3月3日下午报到，查验各种证件手续。今年是人大执行国家教育部关于考研实行全日制与非全日制招生的第一年。在国家线未出之前，人大具有自主划线权。具体到孩子报考的农村区域发展专业硕士要求，人大规定了除单科达到分数外总分300分及以上，最多的考了435分。参加报到的学生有100多人，竞争压力是相当大的。

3月4日上午在人大教学3号楼进行专业课和英语笔试，分别为100分和50分，要求达到60分和30分以上为合格；下午在教学2号楼进行英语听力和口语会话，满分50分，要求达到30分以上。3月5日上午进行专业课面试，由五位老师组成，首先由考生本人自我介绍，孩子的自我介绍英文和汉文内容大同小异，这也是我们在住宿宾馆商定好的，虽然自我介绍自然、随意、简明最好，可是对一个第一次参加面试的新手来言，打好腹稿背出来，我认为效果不错。我们也遇到了一个考生因准备不足自我介绍失利的情形。其次，考生在电脑上演示自己制作的 PPT 课件，说实在的，我们在去复试前围绕孩子的调研内容做了此件，我们只注重了形式，在内容上有所忽略，尤其是涉及经济管理方面的内容。在考前，以至于妻子坐在教室里观摩别的考生 PPT 后，觉得孩子做的不够理想；最后是考生抽题回答问题，孩子抽到的是农民工方面的问题，导师问了《中华人民共和国劳动法》何时颁布，如何提高农民工收入等方面的问题。在这方面，孩子有所欠缺，回答得不甚好，专业方面应该是丢了大分。

这次进京距离上次已有 5 年多时间了，我感觉北京也比以前变化大了，车多人多楼房多，节奏压力比较大。尤其是海淀区，是一个文化教育集中区，许多名校都在这个区，人口有 300 多万，文化文明气息比较浓厚。对孩子而言，在北京读几年研究生，不仅能大幅度提高学业水平，而且对她本人的综合素质提升也找到了理想的环境。对家庭而言，也为孩子今后的发展提供了一个广阔的平台，为未来的就业选择打下了坚实的基础。在孩子复试结束后，我也难掩兴奋之情，欣然作了一篇《携女进京再试赋》曰：

今我来也，杨柳依依。我将往矣，玉兰盛开。载歌载舞，行道疾疾。我心飞翔，莫知我兴。丁酉之始，春寒料峭。携妻为女，进京赶考。心仪人大，驰名中外。艰苦于汝，终可成名。

我们住的宾馆就在中关村创业园附近，每天早上，我都要到那里去散步浏览一遍，真是高楼林立，现代时尚，尤其是微软等科技含量高的大集团总部设在里面，吸引了大量创业忙碌的青年才俊。中关村的夜景非常美，令人陶醉。在复试期间闲暇时间，我们还游逛了圆明园、北大、北京动物园等景点。圆明园改造变化比较大，游览线路比较长，又适逢刮风、天凉，游得不甚尽兴；北京动物园熊猫馆建得比较好，动物种类好像也比从前少了，幸好景点门票都不贵。北大在人大的北边，校园比较大，校门多把守得又严，未能进校去体验，只得在其西门古门楼处拍照留念。

3月6日从北京返汴后，孩子返校学习，我们就期待着人大的复试成绩公布。大约等到3月9日中午，孩子接到人大农发院一女老师打来的电话，说："韩玮，你在待录取名单，积极上报研究生院争取录取全日制，希望不大。你可以先同意上非全日制。"孩子接到此电话，顿时掉泪哭了。对于踌躇满志的她来说，根本不相信会有这样的结果。孩子也及时把这个消息告诉了我和她妈。我通过朋友关系了解到，人大是今年第一次统招全日制生和非全日制生，重点是非全日制生。加上已招 10 多名推免生，在扩招上很慎重，先定了 18 名，还有几名属于待录取，这取决于学校的住宿条件。对于这样的复试结果，我们都感到很无奈，也很纠结。人大是孩子所想就读的学校，如果读非全日制有何意义？所谓非全日制就是过去的在职研究生，因全日制本科生毕业不好就业，就鼓励边就业边读研，促进就业和提升学历。国家教育部初衷的确是太好了！关键是非全日制毕业生社会认可度太低，在就业门槛前就被拒之门外。这是社会现实，不是哪个人或者哪个部门能克服的。譬如机关招公务员、学校招教师、事业单位招专业人员等首先就是要求全日制学历资格，否则免谈。据此，恐怕在短时间内很难改变这一客观现实。写到这里，也许你认为我的认识有偏颇之处。况且读非全日制研究生，不安排住宿、不参加奖助学金评定，不参加优秀毕业生评比，待遇差别太大，学习成本太高，这也是一般工薪家庭所不能承受的。

在接下来的日子里，我一边安慰孩子调整好心态，一边调整好自己的心态。激烈竞争的现实，往往逼迫人们作出无奈的选择。我们一家三口的情绪也由满怀希望降到了无望的冰点。我也在努力地回忆复试过程中的点点滴滴，查找失利的每一点不足。孩子也在痛心中坚强地面对着这一结果的打击。孩子真的长大了，经历了挫折，却增长了勇气。在 3 月 10 日的微信中她则安慰说："爸，我今天早上还在想，过去的一年我没什么后悔的，我们都尽力了。"的确，我们都努力付出了，谋事在人，成事在天。孩子开始在网上搜索其他院校调剂的信息，我及她的老师都积极支持她到别的院校去复试。

3 月 15 日，国家考研线公布了。17 日，考研调剂网打开了。孩子经过筛选又填报了西北农林科技大学、华南农大和中国林业科学院三个院校。所谓调剂，就是第一志愿未被录取，再填报所考相同科目的院校，并且有招生余额。孩子把她的基本情况发给了西北农大的郭占峰教授，郭教授看过孩子的资料后，回复信息同意接受跟从读研。我们仿佛在黑暗中又看到了一丝光亮，积极等待复试的消息。同时，我和孩子每天都不停地关注人大考研官网，好像得了魔怔，不看人大网，心里就不踏实。可它迟迟不见更新内容，每天考研论坛上，考生们所发内容表现的都是焦虑不堪，期待有一最终结果。当然，在心里焦灼的同时，我们对人大也给予理解，对北京的名校来说，招研比招本科生还多，是一件很慎重的事情，不可草率而为。据后来的信息得知，人大今年招硕士生 4200 多名。

3 月 22 日，孩子在学校打电话说，西北农大通知让她去复试。我和妻子还就如何去发生了争吵，我想就几百公里开车去，妻子为安全着想让坐高铁去。后来孩子也想让我体验一下高铁的滋味，我也改变了原来的主意。23日早，我和孩子她二舅开车到郑州，把车放在学校，我们通过网上订票，从郑州东站直达西安北站，不出站，又换乘到杨陵南站的动车组，于下午2点半顺利到达了西北农科大。说实在的，这是我第一次坐高铁和动车组，感觉很惬意，不仅准时，还不拥挤，车内很宽敞，运行平稳，速度很快，的确是目前出行的安全快捷方式，我深深感叹我国高铁发展的成就令世界惊叹！这在过去是不可能的，朝发夕至已不是梦想，如今已变成了大大的现实。

西北农林科技大学在1999年前为西北农业大学，在1985年前叫西北农学院，是一所由国民党在新中国成立前创办的大学，创办于1934年，由国民党元老于右任、张继、戴季陶等人发起创办，至今已80多年了。该校位于现在的陕西咸阳杨凌高新农业示范区，原来属于武功县张家岗，这里曾是后稷教稼穑之故地而选址建校。距离西安市80公里，在咸阳西北约55公里。杨凌也因有此大学而出名，而受到国家的高度重视。该校属于985、211名校，校园很大，环境很好，鸟语花香，学风浓厚，很适合年轻人读书学习。

我们到达的那天，天气阴冷，雾气沉沉，我也急躁迷失了方向。通过询问校内的同学，我们先在校园逛了一圈，熟悉了一下校园布局概况。而后在校东门外的农家院几经寻找住进了农家宾馆，虽然便宜，但极其简陋。那里温差比较大，我们睡到半夜就被冻醒了，在床上辗转反侧难以入睡。不到五点我就起床了，因天未明，没有急着下楼，在房间了想了很多很多，人大的结果什么时间出来？这里的面试会严格吗？孩子的今后发展方向是什么？我国的教育为什么发展不平衡？在孩子和她舅起床前，我出去散步了，沿着山坡向下走出，路边的树上开满了姹紫嫣红的鲜花，树上的小鸟也好奇地看着我，路边倒闭的快捷酒店也仿佛在诉说着往昔的不幸。我无心再往前走了，折回了住地，猛然看见村头挂着"张家岗村"的路标，也顿时让我想到了80多年前此村的偏僻与荒凉。可是此村却与一所中国农林名校一同繁荣成长。

24日上午，我们一早到3号老楼去报了到。孩子下午就进行了专业笔试，原定的下午英语听力和心理测试改在了晚上。我趁孩子报到的空当，在校园寻访到了招待所——亦乐园宾馆。得知有标间，我便立马开了两间。起码能洗澡了，也有空调取暖。25日一早我们就去等待专业面试，结果排在了下午。孩子应该是在下午3点左右面试的，孩子说有七八个老师坐在她的对面，至少有5个老师对她进行了面试，提问了几个敏感的问题，意思是确定孩子是否想在此校读研。孩子都一一从容进行了对答。因为参加面试的近 20 人中，孩子的分数最高，情况也有些特殊。26 日进行了体检。下午我们非常高兴地游览了该校的博览馆，好像回到了农耕时代。当天下午，孩子的二舅乘火车返郑。

27 日上午 10 点多，我们在准备游览西北农科大的南校时，就接到了同意录取的电话，同时告知必须在两个小时内在网上点击同意待录取，否则取消。这下我和孩子犯难了，急匆匆地返回到学校附近找个网吧，看到了录取信息。是同意，还是放弃？难以取舍。我一方面和孩子商量，做思想工作；一面联系有关朋友，打听人大方面的信息。结果在 11 点 51 分，我们不得不点击了同意的键盘。复试虽然顺利成功了，可是心理总感到还有莫名的失落。"这也许是天意！"我和孩子自我劝慰道。同时我给妻子发信息告知此情况，结果没回信。

当天下午，我们又乘高铁返回开封。到家已是晚上 8 点多了。

事情往往就是这样，当你不抱希望的时候，又有了新的转机。时隔两天，29 日上午 11 点 48 分，朋友打电话告知，女儿也被人大全日制录取啦！这怎么办？通过请教朋友和有关老师，我们必须把西北农林科技大的录取信息取消，调剂信息"解锁"才能顺利被人大录取。我当即请假，打电话带上孩子又速定高铁票向西北农林科技大学奔去。一路上心情相当焦急，相当无助，相当沮丧。甚至怀疑自己的自信了，在孩子考研这件事上，自己错了吗？自己究竟错在哪了？面对人大当初的结果，敢赌注吗？西北农大会顺利放学生走吗？这么好的学校因地理偏僻备受冷落，我也觉得很不公平。走吧，只有去做了，才知道结局。

幸好，孩子长大了，一路上不停地安慰我、鼓励我、支持我。到达学校已是华灯通明的夜晚，先买了个充电器，又在店里充会儿电。在这里很想说一点，杨凌这儿的人很实在，很热情，给人一种到家的感觉，真让人流连忘返。我和孩子到陕北小吃城吃了扯面和砂锅后，又沿着159级台阶登到了校顶。

晚上，又再次下榻学校的亦乐园宾馆。孩子入睡了，可我久久难以入睡，在手机上不停地搜求考研录取方面的规定。有说调剂录取影响第一志愿的，也有持否定意见的。疑惑之际，朋友打来了电话进行了询问，还有长安大学不知姓名的张老师向我解释了考研录检的规定。他说，调剂院校和第一志愿院校都可以待录取，只有上报国家教育部录检后才能备案，下发正式通知书。所以必须取消调剂录取信息。这也是考研过程中正常的事情，应耐心解释解决。听了解释后，我也明白了，也有了解决的思路，只待天明去人文社会发展学院通融解决。

30 日一早，我忽然听到我的手机振动声，原来家中兄弟打来电话，说朋友小会有一堂哥在此校负责某项工作，关系比较广络。真是太好了！我随即给小会打电话，说明了此情况。小会和他堂哥都比较热心，令人感动！通过小会联络，一上班，丁老师就去孩子录取的学院找到了院长等领导，解释了孩子的情况，他们开会研究后同意孩子的选择。天哪，真是谢谢西北农林科技大学的厚道的老师们了！

笔试和复试就写到这里吧，也够啰唆了，最后用一首诗来形容吧：

学子读书欲功名，苦其心志劳身形。

一波三折考研路，历经坎坷笑扫平。

莫说世人信天意，自我命运自我定。

天若有情天未老，踏破铁履终回报。

随着时间的推移，孩子在复试结束以后，经过认真努力，完成了大学毕业设计，撰写了一篇关于家庭农场经营

方面的毕业论文，受到了指导教授关付新的好评。6 月 18
日，韩玮顺利毕业，获得了毕业证和经济管理学士学位。
孩子也由入校时的普通一员，通过刻苦学习钻研，先后获
得了三等、二等和一等奖学金，被学校评为优秀三好学生、
优秀班干部。

在暑假里，孩子进行了短暂的放松游玩，到南京找了
其好朋友吴沐秋去上海迪士尼游乐园体验了快乐。回来后，
她又积极认真地参加了河大雅思考试，顺利考取了 6.5 分
的好成绩。

接下来的时间，我们按照中国人大的入学要求，专门
照了身份证照，开通了学校指定的银行卡，预交了全年的
学费和住宿费，预定了进京报到的高铁车票，并于 9 月 4 日
到辖区派出所转移了户口，打包行李衣服进行了快运。学
校因住宿紧张，要求学生于 10 月 9 日进行报到。目前，一
切准备工作就绪，只待乘风扬帆起航。最后让我们用一首
《十六字令》词作结束吧：

路，宽敞平坦已铺就；

放眼望，锦程在召唤。

2017 年 9 月 7 日

西北游历记

自去年春节初一由于新冠疫情暴发封城以来，人们的生产生活造成了很大影响，尤其是外出旅游更是一件奢侈的事儿。

辛丑九月，秋高气爽。22 日晚，我突然有了外出游玩的想法，23 日一早越发强烈，认为 8 月的疫情已被控制、雨水洪涝灾害已经过去，大好的秋日该出去赏赏秋景啦。说做就做，边行边游。于是，我带着徐贝，邀请好友王新海、吴志强就驾车出发了。

当日中午我们一行 4 人首先到达了豫北浚县大伾山景区。我久闻浚县有一座大伾山，山里有一尊大佛，堪与四川乐山大佛相媲美，很想去拜访考察一下。这次终于成行了。

浚县相传是大禹治水的地方，县城里树立了"大河禹迹"等几个高大巍峨的旌表坊。大伾山景区毗邻县城，我们午饭后按照防疫要求，出示行程码和健康码后，免费进入了"伾山仙境"景区大门，拾阶而上，经过几座庙宇约20分钟便来到了大佛面前。此佛高22.29米，距今近1700年，大佛为坐式弥勒佛大佛像，位于东崖的天宁寺。被称为"中国最早、北方最大"的大型摩崖石佛。因它造型古朴、奇特、伟岸雄健、身段不成比例等特征，1985年，全国部分专家莅临大佛并进行论证，一致结论是它开凿于十六国时后赵石勒时期，否定了它为隋唐作品。此佛还有"八丈佛爷七丈楼"的说法，仔细观看，你会发现此佛的底座足部低于阁楼两米多，故才有此说法。我认真对崖上的石文记录进行了阅读分析，其中有"大伾东崖天宁寺建自隋唐尽后有大佛阁两楹高与崖齐一修于周再修于明碑记彰可考"。崖碑尾属清朝同治年款，内文记述当地邢文彬、邢文魁两兄弟因"阁顶倾秃"曾组织乡绅捐资进行了两年修缮，之后对南邻兴国寺也进行了重修，可谓"不朽之巨功"。真是眼见为实，耳听实虚。对此佛的年代争议也许像大伾山突兀地矗立在浚县一样神奇，令人遐想不已。也许石勒时代大佛已开凿，因战乱而停工；也许隋朝而延续，仍未完工；也许武后下令继续弘扬佛法济世精神，所调工匠虽有勇力而不谙圆周勾股定律导致比例失调。绕过大佛，越过龙洞，便来到了山顶。经过了约有 200 平方米的瀑冲坪，水痕道道，波浪起伏，宛如戏水游龙，也是任景奇观。山顶处有鸡爪坪，这是长年累月的雨水痕迹所致。在下山的路上，还有一座古塔，我出于好奇沿着塔内的狭窄容身木梯上到了二楼，寻找一下我曾登开封铁塔、永济普救寺西厢莺莺塔的久违感觉，登时费力而惬意，下时谨慎兼恐惧。我们一行说着看着，不知不觉来到了怀禹桥，此石桥呈三拱孔导流造型，也许是再次以这种方式歌颂大禹三过家门不入、疏浚洪水入海的伟大功绩。我们还被套圈取宝游戏吸引，结果都未套中，不过个个笑得不停。我也被商家的精美宝剑吸引，精心挑选了一把桃木蟠龙镇宅剑，佩在腰间仿佛有了穿越的感觉。

约下午 3 时，我们一行游览过大伾山后，开始沿京港澳高速向塞外张家口市出发。因为张家口市明年要举办世界冬奥会，所以我们慕名看看该市如何。我们路上说着笑着，一出河南地界，天就阴暗下来了，到邯郸市界就下雨了。当晚我们夜宿石家庄良乡县城，宾馆与饭店都很便宜，人也热情。晚饭吃过刚到宾馆，就下起了瓢泼大雨，我们几个很庆幸运气好！第二天一早我们早餐后继续向张家口行进。约下午 3 点，我们到达了张北县草原天路景区。该景区也是近几年打造的旅游景区，依托张北大草原 100 多公里的优势，由一条蜿蜒曲折的柏油路贯通，沿途有不同的游览观赏项目。我们向里开进有十几公里，印象最深的是沿途种植了许多花草，成片成片的十分鲜艳，还有当地牧民的马和骆驼，供游人骑玩，当然收费喽。由于天阴冷，我们折返了，准备夜宿张北县城，结果去县城没高速公路，我们直接向内蒙古乌兰察布市行进。24日晚，我们按照防疫要求住进了网上订的如家快捷酒店，吃了当地炖羊蝎子美食。乌兰察布与集宁两市相邻，感觉人口不多，城市也相当干净。

9月25日一早，我们一行在酒店附近吃过当地的叉肉包，喝了黑米粥后，向宁夏银川进发。经过导航测量，乌市离银川尚有800公里，如果不停地跑也累的，我们商量后决定每天上午行，下午看，不跑夜路，遂决定向内蒙古首府呼和浩特驶去。因为2015年8月底，我曾带着老父、女儿和侄儿到过呼市，所以直接把呼市博物馆作为目的地。不到中午，我们便到达了呼市博物馆。因防疫需要，扫当地行程码和健康码后进馆进行了参观，该馆共展两部分，一部分是呼市出土的文物，有远古时期的石器，大约七千年前就有人类在内蒙古赤峰市居住活动，馆里还展有大量古钱币，其中有一枚"祥符通宝"铜钱，顿时让我倍感亲切，想不到北宋中原的钱币竟流通到了内蒙古，说明当时的贸易是何等的四通八达。在馆里还见有定州窑的几个白瓷碗，形制规整，白釉无瑕，堪称精品。另一部分是中国共产党建党 100 周年图片展览，其中有吉鸿昌将军的"当官不许发财"铭志碗，云泽（乌兰夫）的革命事迹，看后让我加深了对呼市乃至内蒙古的了解。回忆起来，其实上次去看的是内蒙古博物院，所以再想观看成吉思汗的特大马车行宫蒙古包成了遗憾。我们参观过呼市博物馆后，又向呼市南部昭君博物院寻觅而去。

昭君博物院规模很大，是在原来"青冢"的基础上打造的人文景点。王昭君是西汉元帝时的一个宫廷美人，秭归人，进宫五年因不愿贿赂宫廷画家毛延寿而受冷落，所以没有觐见皇上的机会。时恰呼韩邪单于向汉求亲通婚，于是汉元帝便让王昭君出塞嫁给了呼韩邪单于。从此王昭君作为汉匈停止战争、恢复边境和平的使者，使汉朝此后 100 多年无战事，百姓安居乐业，互通贸易，功在千秋！园内有许多石骆驼、石畜像，栩栩如生。我们绕着王昭君高大雄阔的圆墓转了一圈，十分钦佩她作为一个汉女远嫁他乡的超人勇气与智慧。我们还认真参观了"和亲"博物馆，里面展出了和亲迎娶的宏大场景，许多文物绘画，异域风光。在馆里我第一次见到了羯鼓，古朴壮硕，仿佛听到鼓声阵阵，催人奋进！

我们一行看过昭君博物院后，在附近吃了钩刀面午饭后向西边驶去，从呼市到银川的路线像个大几字弯，路途遥远。我们决定晚上宿巴彦淖尔市。约在下午日落的时候，我们到达了巴市。一下高速接近市区首先映入眼帘的是，当地的老年人正在跳广场舞，真是热闹欢快。我们停车驻足观看了一会儿，在附近找了一个干净时尚的酒店住下。入住手续简便，标间仅百元。晚上我们几个游玩了当地小吃街，享受了羊肉炖土豆和烧麦等美食。第二天早晨下小雨，吃过早餐后向宁夏境内出发。在沿途，我们经过了茫茫无垠的戈壁滩，隔窗眺望远方，风化的砂石与墩墩矮草一望无际，颇有诗和远方交汇一起的胸臆感受。我们也经过了黄河，河水浩荡并不黄，像一条玉带一样摆在了戈壁荒漠上，在阳光的照耀下发出明亮的波光，不停地流向大海的方向。

我们告别巴彦淖尔，沿着贺兰山脉一路向银川驶去，经过磴口、乌海、石嘴山等市，约在中午12点到达了银川市，因疫情信息提醒入市要向社区报备，我们没有入市。想想有点失望，于是我让同伴搜索一下银川的著名景区，结果在即将错过高速下路口的同时，我们拐向了镇北堡西北影视城。此景区因我国著名作家张贤亮而发起打造，20世纪80年代初期这里拍摄了张贤亮小说改编的第一部电影

《牧马人》，后来又拍了《红高粱》《龙门客栈》等电影电视剧190多部，给全国人民乃至世界观众输出了大量精神食粮。当年拍摄《牧马人》《红高粱》的房舍、院落、道具都原物保存着，让人身临其境，体验味甚浓。我与新海、志强也站在当年巩俐经过的土垛月亮门处照了相。我们还仔细观看了张贤亮纪念馆和他捐建的文物展览馆，反映了他不屈命运、痴心创作的文人情怀，也反映了他慷慨奉献、造福边陲宁夏的豪迈壮举。景区很大，看点很多，让人流连忘返，以至我在周家集体大院，看见20世纪80年代的"大二八"自行车，顿时勾起了我高中时骑车带粮的情景，不觉跨上去留了个影。在景区玩了两个多小时，我们吃了刀削面和牛肉火烧后离开了景区。

本来想去青海游玩一下，因路途还远，返回时长，我于是决定不去了。我们商量后同意向兰州出发。沿途车辆稀少，确实地广人稀，隔窗看到了成片成片的枸杞农田，红彤彤的枸杞果好像主人庆祝丰收的笑脸；成群成群的山绵羊不停地寻觅着草食，在金秋时节给荒凉的戈壁滩上增添了一抹亮丽风景。

9月26日晚宿中卫市中宁县城。路上高大的枸杞雕塑说明了此县是枸杞之乡。我们傍晚到达安顿好后，在县城一家饭店享受了手抓羊肉的美食。

　　第二天一早，我们向兰州方向驶去，途经白银市，沿着像内地普通河流一样的黄河岸边，边行边寻，约于午前到达了兰州西北的青城古镇。这个古镇也是近几年打造的旅游景点。镇里街道干净，一进去就被当地的特产吸引，如油糊卷、自酿醋、大枣等。以至于我把油糊卷读作了"卷糊油"，志强询问当地人是什么东西，他们说是油糊卷，一种吃的面食。从此路上有了调侃的笑料。我们在镇里参观了城隍庙、高家祠等几个景点，在一家农家乐吃了酸烂肉等当地特色菜肴和面条，观看了男主人收藏的大量黄河奇石，还购买了一个镶有"福禄寿喜财"的艺术酒葫芦，祈愿它能伴我颐养天年，健康长寿！

　　我们在青城古镇吃过午饭后，直接往西安方向出发。下午天气阴冷，我们原本夜宿平凉，因天黑路尚远，便下高速住在了甘肃静宁县城。这个县城面貌还很落后，但苹果和烧鸡是这个县的主导产业，沿街门店都是经营这两个产品。我们当晚品尝了当地烧鸡和锅盔，挺好吃的。

　　9月27日，在静宁吃过早餐后，我们向西安方向行进。幸亏昨天没去平凉市，我们从头条新闻中获悉，因26日下暴雨导致高速道路塌方而封闭。我们在行进途中商议去陕西扶风县法门寺，经过宝鸡约上午11点时到达了法门寺景区。因该景区要求参观人员持48小时内核酸检测证明才能进园游览。我们在高大的颇感拙朴的建筑群门口浏览了一下，像其他外地游客一样扫兴地离开了此景区。途中经过了咸阳杨凌区，武功县，沿途山峦连绵不断，烟雾迷蒙中尽显空旷西北的沧桑巨变。中午我们下高速到达了西安，在米家羊肉泡馍馆吃过美味泡馍后，决定向河南驶去。

我们经过渭南华山、潼关后，在途中联系了新海的初中同学曹明建，他作为外科医生在灵宝县开私立医院。当晚在老建热情的招待下，我们一行品尝了当地火锅鱼和美食，由于他乡遇故交，我们相谈甚欢，把酒换盏，兴之所至，划拳行酒，真是如醉如仙，最后令酒店老板和服务员围观旁看，乐羡不已。当晚夜宿灵宝。第二天吃过早餐，在县城主要街道遛逛，捎带了灵宝特产苹果，于当天上午顺利返回了开封，圆满平安地结束了游玩行程。

通过此次大西北的游历，我感受到了以下几点：一是祖国的大好河山处处皆是，美景观看不尽；二是改变了对西北边陲贫穷的认知，当地房舍，道路变化很大，群众也过上了小康幸福日子；三是做人要有读破万卷书、行遍万里路的豪迈气概，行知合一方能为师；四是天时地利人和，才能顺利达到目标。尤其是徐贝、新海、志强他们三人轮换驾驶，安全行车，不辞辛劳，有力保障了这次大西北的高兴游玩，值得一辈子回顾与分享。

古有徐霞客，今有清淡郎，

游时虽不同，快乐却一样。

2021 年 10 月 6 日

大西南游记

今年是疫情彻底放开管制的第一年，人们可以自由出行了。今年又难得请了公休假，经过精心谋划和筹备，我们好友一行四人于 8 月 31 日出发，至 9 月 11 日返汴，游历了陕西、四川、重庆、贵州、湖南、湖北等地，前后共 12 天，是至今游玩最长的时间，收获很大，受益颇多，快乐无比。趁着还余兴未散，我强力回忆，撷取精华，写出这段奇妙难忘的游记体会，以供将来回忆和与亲朋快乐分享。

翻越秦岭　夜宿汉中

8 月 31 日早晨 7 点，我准时从嘉泰新城小区出发，先后接上吴志强、王新海二位老弟和王进彦老兄，从开封金明大道连霍高速口上去，西奔汉中，一路上经过了郑州、洛阳、潼关、渭南、西安等地。中午就近在渭南市就餐，我吃了当地的裤腰带面，他们也吃了各自喜欢的风味面。下午我们翻越秦岭，感觉秦岭作为中华大地的龙脉，的确是一道横贯东西、分界南北的天然屏障，满山翠绿，峰峦叠嶂，空谷幽静，空气清新，车行其中给人一种心旷神怡的感觉。我曾记得 2006 年坐火车、2018 年开车都是夜晚翻越秦岭，只感觉车行艰难吃力，没能领略到它的风光魅力，这次是白天通行如愿以偿了。我也尝试着从剑门关到新安驾驶了近百公里路程，山路弯多，驾车必须谨慎，反应要敏捷，才能安全。当晚到达汉中市，宿 7 天优品酒店。晚饭在附近品食了当地的姜泡鸭。之后，我们一行散步，并欣赏了当地广场文化，或舞或弈，甚是快乐。

重游成都　再感古今

四川省会成都市是我们游玩的第一个城市。成都自古就有"天府之国"的美誉，古蜀国发祥地，拥有"中国最佳旅游城市"等荣誉称号。9月1日早饭后，我们从汉中一路奔跑，于中午时分到达了成都市太古里街区。我们停好车后，穿行太古里景区，首先找了一家背街的火锅店，品尝了成都老火锅。之后，我们四人经过商量，决定乘成都

31

地铁去看宽窄巷子。我们到地铁站在别人指导下注册了乘车二维码，一同前往宽窄巷子参观游玩。说起成都，我于2006年、2015年、2018年分别来过，这次算是第四次光临，感觉成都变化太大了。2006年10月来时，成都高楼大厦还不多，街道民居平房如同其他城市一样，普通平常，那时我仅记得游了武侯祠和都江堰。2015年4月又来成都学习考察，参观了宽窄巷子、锦里和都江堰，并且观看了《放水大典》大型实景演出，印象特别深刻。2018年冬至那天，我又带领83岁的老父游玩了杜甫草堂、武侯祠和锦里，且在锦里品尝了冬至饺子，还给老父买了个紫袍玉弥勒佛手把件。他当时觉得贵不让买，但我买后他乐不可支，直至三年后它也伴随他云游西天去了。

这次来成都也是满足进彦兄的心愿。他没来过成都，没参观过都江堰，因为从小学就学习历史知道都江堰。我们乘地铁先游了宽窄巷子，那儿人很多，人流如织，比肩接踵，热闹非凡。说起宽窄巷子，实际上是老成都的特色商业街，从景区大门进去，向北行100多米，呈现两条东西向的"长胡同"，南曰窄巷子，北曰宽巷子。我们从东向西穿越窄巷子，看到里面商铺林立，家家相邻，各种艺术品、美食、才艺表演等，其中"三声炮"驴打滚小吃引起了我的好奇，驻足观看，只见一壮汉手握糍粑团猛地砸向

一面大鼓，"砰"的一声弹起落在鼓后的大簸箕内，瞬间滚上一层糯面，形成一个小食球，如此三下，快击三鼓，另一卖者抓起三个小食球放入碗中，浇上卤汁，递与食者品尝。此表演令行人观瞻而叫绝。我们一行穿过窄巷子，从尽头又拐向了宽巷子，这里依旧人头攒动、热闹非凡。有一家金丝楠木展馆吸引了我，我进行了逐件雕品浏览，其中有许多马雕栩栩如生，昂首嘶鸣，飞蹄腾空，好像凯旋的将军。说实在的，我喜欢骏马，也许从小生活在农村的缘故，马作为畜力带给生产队集体极大财富，应该赞美它。更重要的是作为一个没有当过兵的文人，常常梦想着戎装骑马奔赴沙场的豪壮情景。那些楠木雕件让我拍照，让我遐想，我也贪婪地吮吸着它们散发的阵阵木香。

我们游过宽窄巷子又乘地铁回到了太古里。小歇后，我们又经过古太圣慈寺，去春熙路步行街进行了闲逛。我又再次见到了脑中常忆起的"字库塔"，很多人对这个塔不了解。据介绍，这个成都市北糠市街字库塔建于清代中叶，主要功能为焚烧字纸所用。古人惜字如金，烧字要敬，所以建字库统一处理墨纸，不容乱扔乱焚。2006年去游时，这一片街区还未改造，这个不显眼字库塔处在一片垃圾旁边，这次再访，它已被成都市列入市级保护文物。我看后感到欣慰，并对古人惜字敬纸做法给予赞叹。

由于当天是周五，驾车在成都限号，我们便在停车的商场找一处休息地方闲聊叙感，谈到了春熙路的网红癫狂打卡，谈到了太古里的"牵手"事件，谈到了心弛神往的都江堰。约晚8点，限号一解除，我们便驾车向郊外60多公里的都江堰驶去。夜宿都江堰附近生活区。

游都江堰　登秦堰楼

9月2日，我们早饭后就向都江堰景区驶去。进入景区后，我们随一个导游团听从讲解，及时了解了都江堰水利工程的构造示意图以及景区的景点分布图。我这是第三次游览都江堰了，但是每次感受都不同。2006年游时我还在原开封县委组织部工作，有老有小，壮志未酬，工作生活压力还相当大；2015年游时，虽然当时女儿已考上大学，父母健在，初有登高暂歇之感，但仍有不甘落后向上攀登的冲劲。可这次来游我已过天命之年，父母已逝，闺女已嫁，彻有卸重放松之心态。所以买过票进景区后，新海老弟夸赞我说"韩哥又游都江堰都是为了陪我们开心"。我们走着说着看着，景区拓展得比原来大了几倍，江边的桂花开得很盛，散发出诱人的芳香，顿时让人有了"秋高气爽丹桂香，徜徉舒心游都江"的感觉。都江堰是秦国太守李冰父子倾付心血修建的一座造福"天府之国"的大型水利枢纽工程。他立足于当时的客观条件与百姓的期盼，把汹涌澎湃的上游岷江水在"鱼嘴处"进行了巧妙截流，通过人工筑坝，把江水一分为二，分为右侧内江和左侧外江两部分。内江流于成都市，外江流向下游，起到了防洪灌溉汲水等作用，具有神奇的"四六分水"和"二八排沙"作用。我们还通过吊桥登上了雄伟高大的秦堰楼，了解了二郎神助李冰修堰的传说。我还认真观看了《都江堰实灌一千万亩碑记》，不过遗憾的是没有发现李冰之子的任何功绩表述，感觉这与儿时课本上教的有点不符。约上午11点20分，我们离开都江堰前往川藏318线，顺路停车吃了牛肉面和米饭。一路西行，经过成都、雅安，约在下午6点半到达了康定市，我们安顿后，游览了附近街区，恰好酒店旁边有个金刚寺，它在山坡上建着，我们一行攀缘而上，到了寺门口我向里面张望，好像在施工。我透过金碧辉煌的寺门看到了它里面飘扬的经幡。寺对面还有一间平房，里面摆放两个漂亮华丽的大转经筒，人们可随进随出，正巧有一个小伙子在里面按顺时针方向边转筒边念经，我出于好奇进行了模仿，抓起筒下沿的拉环，跑动转了一圈，顷刻感觉到了运动的快乐。下寺路上便遇到了三三两两虔诚的喇嘛。晚饭找了一家夫妻店吃了当地小炒。进彦兄买了一张进藏地图，我趁机去理了发，夜宿康定市。

白云飘顶　大美甘孜

9月3日我们早饭后，就从康定继续沿着川藏318线向西进发。途中经过泸定，本想去看看当年红军飞夺的泸定桥，结果错过了路口只得作罢。甘孜藏族自治州地处四川西部，与西藏自治区接壤相邻，面积比较大，达15.3万平方公里。州府驻康定市，是全州的政治、经济和文化中心，因一曲《康定情歌》而名扬海内外。甘孜州境内物产丰富，是中国的"锂都"。锂矿蕴藏量巨大，在新能源建设中发挥着重要作用。一出康定就是山路，感觉在由低处向高处攀爬，沿途都是大山，山上覆盖着碧绿的草原。山坡上建有藏民的房舍，房舍以二层至三层楼房居多，外观尤其是窗户都有彩绘，讲究漂亮的。山坡下有成群成群的牦牛。我们进入藏区很高兴，沿途在爬山过程中看到了"缺氧不缺精神，山高斗志更高"的标语，顿时鼓舞了进藏的士气。我们到达的第一个景点是木雅圣地景区，在那稍事休息后，在沿路小卖部买了四瓶氧气，以备车上吸用。"川藏318，人生必驾"是沿途醒目的口号。说实在的，这条进藏的路实在是难走，山多，弯多，货车多，山高路陡，氧气渐稀，的确是人生旅途的挑战。新海与志强两位老弟轮换驾车，他俩技术娴熟，也很辛苦。我们久闻雅江新都桥，顺路去游览了一下，新都桥并不长，没有想象的壮美。我们到达后，当地的导游和舞蹈表演团队很热情，我尝试着骑马上山遛了一圈，回来看到志强与当地的美女互动跳舞，也算快乐一游吧。之后经过了折多山、康巴大草原、天路十八弯等网红打卡地。一路上车好像在天空中疾驰，白云就在头顶。山路弯弯，真是开车不见功，从康定到理塘仅仅272公里，我们竟跑了7个多小时，约于下午4点到达了理塘县城。原设计晚宿巴塘，还有169公里，实在是路难行，人困顿，又缺氧，个个状态不佳，不敢再前行了，我们于是在理塘下路了。我们到达县城后找了一个藏家民宿住了下来。车一停，人一下来，顿时感到呼吸困难、头晕、眼睛发红，走路都有点困难，于是我们赶紧去附近药店买了两个氧气袋和两盒红景天口服液，吸食后感觉好多了。晚饭大家都食欲不振，到超市买了一箱方便面和若干火腿肠、榨菜等进行食用。当时那里气温3—19摄氏度，晚上已用上了电热毯。所住藏民家的女主人逢见我们都给予微笑，感到很热情。

9月4日一早6点半，新海老弟就去敲我的房间门，我当时还未起床，进彦老兄开了门。新海老弟一开口就说：

"韩哥，身体实在受不了，不能再前行了，建议折返改变线路。"我也看到了同室进彦兄一夜几乎未睡，他说浑身酸痛，难以入睡，把被子垫在身下，仅盖一条毛毯勉强等待天明。呵呵，我一看这种情况，立即决定折返回去，不再西行。因为外出游玩安全健康是第一位的。于是我们四人迅速收拾行装，乘车返程。在楼下恰巧碰见了从拉萨东行的云南自驾游客，他也向我们介绍了怒江大桥修路、七十二拐堵车等艰辛路程，更加促使我们下决心折返回去。用过早餐后又重新沿川藏318线东返，这次车好像比西行快得多，我们一行8点半不到就来到了海拔4718米的卡子拉山文化长廊网红打卡地，每人在此进行了留影。接着继续东行，经过了海拔4661米的康巴大草原、天路十八弯、折多山等景区，尤其是折多山的路像扇折一样陡峭崎岖，从上向下看一折叠着一折，层层盘旋，没有路眼，从下往上看，只闻车响，不见车影，路在头顶上边嗡鸣。路况艰险，十分难驾，难怪志强老弟说："眼时刻睁巴着，不敢眨眼，恐怕有闪失。"就这样我们约近中午时分又经过了康定。经过商量大家决定去看乐山大佛，约于当天下午5点半到达了乐山大佛景区。夜宿景区旁边民宿酒店，大家品尝了当地名吃跷脚牛肉，其实就是炖牛蹄肉汤，感觉味道不错。

乐山大佛　峨眉金顶

　　9月5日在所宿酒店早餐后，老板娘热情地把我们送到了乐山大佛景区门口。我们网上购票后，还请了小刘作导游讲解。他领着我们从山脚下拾阶上山，途中看到了苏东坡游乐山时写的一个大大的"佛"字，还有其他名人的题词。其中有"凌雲"二字，写得比较端庄气魄，镌刻在悬崖边上，尤其是"三江两口"对面的"落霞晚翠"一词楷写横陈，让我顿时肃然起敬，因为这是道光年间的一官员所题，不仅寓意乐山夕阳余照的风景美好，更重要的是道出了为官者保持晚节的重要。莫道桑榆晚，为霞尚满天。为官重名声，晚节可概全。我们一行随着小刘讲解，经过凌云寺，不知不觉来到了乐山大佛的上面，在栏杆两侧仔细观看了佛的首部和面部开凿情况。据小刘介绍，乐山大佛通高71米，相当于21层楼高，开凿于唐玄宗年间，历经五朝90年才竣工，距今已1220多年，是一尊印度模样的端庄肃严的弥勒佛，与中国传统的大肚笑口弥勒佛不同。我们从山上向下行，经过悬崖边上狭窄蜿蜒的栈道来到了大佛的脚下，从下往上仰望，确实感到大佛的威严与壮观、个人的渺小，千百年来它注视着岷江、大渡河、青衣江在此处汇聚奔流，形成了"三江两口"洪水相撞，激烈澎拜的自然景观，时刻保佑着洪水的安澜与人间的平安。在出山的路上，我被唐朝韩伯庸的《幽兰赋》吸引，并驻足吟诵了起来。进彦兄与志强他们对金丝楠木感兴趣，逐树竞相辨认。经过两个多小时的游览，我们步行返回了宾馆。老板热情欢送，又劝导我们到峨眉山去游玩一下，我们亦觉如此，既然来了，机会难得，游个尽兴。于是我们驱车前往峨眉山景区。从地理位置看，峨眉山在乐山的北边，处于南北一条线上，距离不到一小时的高速路程。中午时分，在向导的带领下，我们到达了峨眉山山腰深处清音雅舍酒店。老板很热情，及时在二楼给我们安排了宽敞明亮的两个标间。安顿好后，我们吃上了可口的午餐。按照老板娘的景区游玩线路讲解，我们于当天下午步行游览了一线天、望尘滤、峨眉酋猴场等景点。山里的泉水很清，空气清新，漫游景区确实给人一种心旷神怡的感觉。虽然挂木杖到猴场没有见到猴，但我们说说笑笑却十分开心，并期待着明天去金顶参观游览。

9月6日，我们吃过早餐后出酒店，按指引步行40分钟后到达了五显岗车站。买过乘车票后不久就坐大巴向峨眉山金顶方向驶去，山路弯曲，景区秀美，约一个多小时，我们到达了雷洞坪停车场，那儿海拔2430米。下车后我们开始顺着台阶登山，虽然孩子们开学了，但游人依然很多，尤其是有一些老人也在子女的搀扶下登山观景。经过半个多小时的努力，我们到达了海拔2540米的接引殿处，感觉累了。我们商量决定坐金顶索道上去。金顶索道缆车与过去乘过的索道缆车不同，属于大巴包厢式缆车，每次上下乘坐100人。缆车从下向上缓缓攀爬，人好像坠在云雾中，向外面什么都看不清，云雾缭绕，如入仙境。经过耐心排队等候，我们坐上缆车通过金顶索道，约于上午11点半时登上了海拔3079米的峨眉圣境金顶。据传说，峨眉山是南无普贤菩萨的道场，所以金顶一到，首先映入眼帘的就是一尊巍峨高大、耸立入云的十方普贤金身像。天下峨眉，云中金顶。只见虔诚朝拜的佛徒排队围绕着金佛像边走边诵经，不由得让人感到了信仰的力量。我们一行在金顶留影后及时又乘索道下山了。午饭简单，每人食了一棒熟嫩玉米。返程路上经过了缥缈如烟的云海，偶遇了峨眉山灵猴，它吃相十分可爱。上山时天气尚好，下山却下起了小雨，我那天穿着短裤与圆领衫，感觉舒爽的同时又觉阵阵凉意，以至他们与导游三人不时开我的玩笑。又到雷洞坪载客点乘车返回五显岗车站，原路步行返回了住宿的清音雅舍酒店，稍做休整后，我们开车又向下一个目标黄果树瀑布景区进发。其实峨眉山风景区里的景点很多，因时间有限我们只游玩了著名的金顶。因志强弟、进彦兄说没来过重庆，于是当晚我们一行赶到了重庆市沙坪坝区，住在芸荷大酒店。该酒店属公寓式酒店，多家经营，可以比较实惠价格而住。我们安顿好后，就在酒店旁边找了重庆老火锅店享受了当地的火锅美食，以满足志强弟和进彦兄没有到过重庆、吃过正宗重庆火锅的心愿。他们在等菜的同时，我去附近买了白酒和数种啤酒，供尽兴饮用。我们吃得很丰盛，畅饮得很开心。记忆深的是重庆的毛肚很便宜，也很好吃，我这次算上是第二次享受了。重庆市的路窄、弯多，不太好行车，所以我们预先把车停在了磁器口景区附近，以便第二天去游玩。

9月7日早上我们起床后，就步行前往磁器口景区，首先来到了"紫气东来"码头，向下眺望则是清澈宽阔的江水，拾阶而上则是磁器口古街。我们首先在一家早餐馆食了重庆小面，蛮有滋味的。之后便自东向西游去。磁器口古街并不宽，但两侧店铺林立，各有特色，游人如织，热闹非凡。我们走着看着，店铺里卖着当地各种各样的特色食品，如糍粑糕、麻花、重庆巴适老火锅底料、各种便携艺术品等，我被一家经营紫袍玉的店铺吸引，也佩服店主作为非物质文化遗产第三代传人，对原石构思巧妙，精雕细琢，于是买了一个"富足"手把件，甚是喜爱。我们一行沿街拐弯转到了尽头，对整个古街进行了游览观察，并在磁器口标志处进行了留影。在古街返回路上，大家都买了喜欢的特产，并且我还买了四个"双流老妈"兔头，了却在成都没有品尝的遗憾。四川省面积比较大。我们开玩笑说，一星期了还没跑出来四川。游过重庆我们商量后，决定去贵州的黄果树瀑布看看，于是开车前往贵州，当天开车里程比较多。重庆离贵阳比较远，达370多公里。我们经过泸州、赤水、习水、仁怀、遵义等地，于下午5时许到达了贵阳。我第一次来贵阳，感觉城市环境干净，面貌不错，道路也好行车。我们用导航提示，住在了七天优品酒店，停车食宿都很方便。当晚我们在楼下品尝了当地的酸汤鱼，比较可口开心。

近观大瀑　了却夙愿

9月8日上午10点，我们一行来到了黄果树瀑布风景区。黄果树瀑布在贵阳西南130多公里的安顺市镇宁布依族苗族自治县境内，因当地有黄葛榕树谐音而来。我从上小学时就知道它，比较著名，也比较向往。我们进入园区后，走着看着，竟然惊奇地偶遇了开封的旅游爱好者文长江老弟一行，互相寒暄后各自游去。我们沿途看到了明代旅行家徐霞客高大的大理石塑像并每人与之合影。沿着导游路线，约20分钟后，透过弯曲栈道老远就看到了黄果树瀑布，宽大的水流像一条玉带从山上倾泻而下，横看如雪毯，竖看似银帘，横竖交融一体，颇为奇美壮观。尤其是随着人流走进瀑布半腰处的水帘洞，更是令人心旷神怡，里面道路狭窄，难以错身，但悬垂的钟乳石奇观和六个天然观瀑窗洞在彩灯的照耀下，让人感觉仿佛进入了另一个世界。透过石窗观瀑，近距触瀑，让人无比兴奋，尽管水雾迷漫，浪花溅身，游客们还是个个都兴致勃勃。我从不同侧面对瀑布进行了拍照和摄像，真是感到了大自然景观天赐给世人的一种视觉享受。据介绍，该大瀑高77.8米，宽101米，堪称世界第一大瀑布群。明代旅行家徐霞客游历后曾有"珠帘钩不卷，匹练挂遥峰"的赞誉；我观过黄果树瀑布后，立马想到了观庐山瀑布，李白曾有"飞流直下三千尺，疑是银河落九天"的描赞。如果要我用诗来形容黄果树瀑布的话，"山泉百流堆玉毯，悬崖银带注碧潭"不知是否贴切。我们经过购物区返回了停车场，商议后决定返程向河南进发。当天中午我们在高速路上服务区用过午餐，向铜仁市驶去。铜仁市地处贵州省东北部，与重庆和湖南交界。当晚我们宿铜仁市并在酒店附近品食大盆炖鸡。

闲逛古城　品享文化

9月9日我们早餐后，驾车十多分钟就来到了铜仁古城。一到古城首先映入眼帘的是一个八柱三重横梁十二角挑檐的大门，中间阳面镶有"中南门街"、背面镶有"百舸辐辏"横匾，大门古香古色，横梁上镂空雕刻着花鸟人物，十分精美，历史年代感很强。大门正对着锦江大桥，清澈奔流的锦江将铜仁新城与古城隔离开来。我们在古城漫游，先后参观了铜仁府通判署、贺龙旧居、铜仁学宫和周逸群烈士陈列馆。古城文化气息十分浓厚，南门进口处有"父子进士坊"，古街北口尽头处有"承流宣化"牌坊，街中间树有明首任知府田载人马铜像，两侧店铺林立，丹砂文化是古城的一个特色。因入城较早，游客不多，我们游得很尽兴，我走进一条小胡同被铜仁方言吸引，对高大石墙上的图文看得很仔细。比如"吃饭"，当地叫"七饭"，"癞蛤蟆"当地叫"赖克宝"，真是涨知识啦！当天中午出贵州行至湖南境内，在桃源县境内下路，车沿乡村公路行了十多公里，在沙坪镇吃了可口午饭，并与店主进行了文化交流。世外有仙境，沅江桃花源，颇有当年陶渊明寻访桃花源的感觉。当日下午我们赶路到达了湖北荆州。经过了雄伟壮观的荆州长江大桥，我们冒着秋暑游览了屈原广场、荆州古城墙、张居正故居和关帝祠。我这次比 2016 年携父亲、岳母游览荆州又有了新的快乐感受。夜晚宿荆州并品尝了从未吃过的白糖拌嫩莲仁美食。

返回河南　造访确山

9 月 10 日，我们在所住酒店楼下吃过早餐后，继续向河南进发。从湖北经过荆门、襄阳，进入南阳境内，我们经过了邓州、新野、南阳市、方城等地，约中午时分在小史店服务区下车，在路边饭店品尝了方城烩面，感觉味美。本想赶回开封，因余兴未尽，志强与进彦说没游览过遂平嵖岈山，于是我们改道去嵖岈山风景区，结果到达后因刚下过大雨，景区因断电积水而停运，我们在大门口留影后而赶往确山。当天下午到达确山县城并宿在天中国际大酒店，晚上新海战友老马一家及朋友热情地招待了我们一行，气氛热闹，真是体会到了有朋自远方来的久违真情。

9 月 11 日上午，我们从确山向开封方向行驶。在路上我们互相交流逗笑，一致说想吃洧川烩豆腐，于中午时分到达了尉氏县城。我们在周伍饭店品食了牛肉和烩豆腐。弟兄们谈笑风生，畅所欲言，推杯换盏，交流甚欢，仿佛顷刻忘却了车马奔波的疲劳，不停地回味着从高兴出发到快乐回家的美好。

按照时间的顺序，"大西南游记"已叙写完毕，但还感觉缺点什么，表达好像没有尽抒心意，我经过两天的构思，拟作了一首《水调歌头·川藏游》词作个结尾，但愿能为这次大西南游历和心得体会润上点色彩，让我甚感欣慰。

水调歌头·川藏游

金秋艳阳照，好友结伴行。闲情逸致，川藏边陲自驾游。山高崎岖路险，车行云顶薄天，美景不胜看。夕阳无限好，落霞晚翠间。

川甘孜，黄果树，都江堰。华夏千里驰骋，蜀道换新颜。遥想武侯督织，曾幻少府挥泪，勖勉不心甘。老树扶直枝，锦缀上林苑。

2023 年 10 月 12 日

研究篇

青年人要研读《资治通鉴》

要以司马光的精神研读《资治通鉴》；

要以《资治通鉴》的精华指导现实。

——作者题记

《资治通鉴》是我国北宋时期著名的历史学家司马光花费 19 年时间所著的一部历史巨著，它继承并发展了《左传》写人叙事的传统，又突破了《史记》纪传体的模式，创造性地采用编年体的形式，以《左传》最后记到晋国韩赵魏三家灭智伯为续写起点，从三家分晋讲起，一直写到唐后五代十国。历经十六个朝代，即上起周威烈王二十三年，下止于后周显德六年，时间段从公元前 403 年跨至公元 959 年。全书分为 294 卷，300 余万字，记录了 1362 年的历史。在编撰过程中，值得一提的是，除司马光是《资治通鉴》的主编外，另外还有刘伊攽、刘恕、范祖禹、司马康等当时有名的历史学者参与了该书的撰稿和编纂，他们是司马光重要的助手和合作伙伴，虽历史长河遥远逝去，但我们不应忘记他们的历史功绩。

以史为鉴，可以知兴替。当今有志向的青年人要认真研读一下《资治通鉴》。该书过去仅在皇宫收藏，供皇帝大臣阅览学习，在社会民间根本看不到。此书版本很多，主要有三种：一是最早的宋元祐初年，宋朝廷下令由国子监刻本，早已失传。二是南宋绍兴二年（1132），两浙东路茶盐监司公使刻本。它是据北宋本重刻的。此本原清内府收藏，清末代皇帝溥仪从宫中携出，归潘复收藏，抗战胜利前夕，故宫出价收回，1959 年移交北京图书馆收藏。三是清末民初藏书家兼校勘家傅增湘收藏的版本，此本是南宋两浙东路茶盐司公使刻本及六种不同的建阳坊建本，即由七个宋刻残本拼凑的"宋百衲本"。不管是哪种版本，都凝聚了司马光的心血与智慧，都昭示了后人应该学习借鉴的精华和神韵。

那么，《资治通鉴》到底是一本什么样的书呢？司马光在呈奉宋神宗赵顼的《进书表》中，阐明了编写《资治通鉴》的主旨，即专门撷取事关国家兴衰存亡、情系百姓喜怒哀乐，善良可以成为楷模、邪恶可以作为警戒的材料，资治于道，达到天下大治，富国安民。

这种想法首先得到了宋英宗赵曙的赞同和支持。后来，宋神宗因该书"鉴于往事，有资于治道"欣然赐名《资治通鉴》，并亲自为该书作了序。所以，笔者认为，该书在过去属于禁书，仅局限于皇宫贵族阅览。而对于今天来讲，它应该成为一本人见人爱的大众化读物。

《资治通鉴》流传至今，虽过千年，仍历久弥盛，魅力无穷，这是为什么呢？按司马光的本意，这本书是写给皇帝大臣们看的，是为上层统治集团服务的，是在社会意识形态领域对王公大臣给予武装和指导，是为了更好地统治和愚弄天下百姓。可一经问世，此书受到了广泛关注和解读，后人曾评价它的作用是"为人君而不知《通鉴》，则欲治而不知自治之源，息乱而不知防乱之术；为人臣而不知《通鉴》，则上无以事君，下无以治民；为人子而不知《通鉴》，则谋身必至于辱先，作事不足以垂后"。可见，《资治通鉴》是于国、于民、于人都具有裨益无穷的作用。一是它能帮助我们借助历史这面镜子，照出是与非、善与恶、崇高与卑下、光荣与耻辱、俱进与倒退，等等，让我们站在唯物史观的立场，把握正确的历史观，在了解中华民族发展延续和朝代更替兴衰的同时，借鉴过去，前瞻未来，吸取教训，汲取精华，更好地指导和应用到现实社会中去，促进我们当前的工作、学习和生活。二是它能帮助我们树立严谨的治学态度。遥想当年，司马光利用19年时间卧枕自警，呕心沥血，倾注一书，去伪存真，终成巨著的这种治学严谨、苦学不倦、引据考异的学习精神永远值得我们学习和推崇，他就是我们知识分子的骄傲，是我们学习的楷模。现在我国已经进入了一个科技迅猛发展和人才激烈竞争的时代，形势逼人学习、逼人接受新生事物。提高素质，培养良好的治学求知心态是当前每个青年人迫在眉睫的大事。多一点严谨，少一点浮躁；多一点苦读，少一点懈懒；多进一回图书馆，少进一回网吧、游戏室；多了解一点历史，少一点愚昧无知，这是当今社会对我们每个青年人的召唤和要求，我们青年人也有责任和义务去努力研读历史，继往开来，砥砺前行，为中华民族繁荣昌盛而贡献自己的聪明才智。三是在帮助我们加深对封建统治理解的同时，可以帮助我们加强自身素质的修养，陶冶自己的情操。一句话，关键是要学以致用。司马光在政治上的失意，刺激了他从古史研究与探讨中得出有益的历史经验，他对政治、军事、经济等有关国家兴衰以及与人民休戚相关的历史记载尤为详尽，并酌事阐发评论。他为了"鉴于往事，有资于治道"的著作目的，一方面宣传封建道德，表彰忠孝；另一方面大胆、全面地揭露了封建统治的阴暗面，特别是对政治腐败、伤天害理、倒行逆施、残害百姓的丑恶事例，不厌其详地作为反面材料进行了记实和鞭挞。所以此书不但对封建统治者提供了治国安邦的经验，而且对我们深刻理解封建阶级统治，加强个人修身养性也有着重要的积极意义。笔者认为，研读《资治通鉴》对我们每位青年人立足形势，干事创业，服务社会，最大限度地实现个人的人生价值，努力构建社会主义和谐社会同样有着重要的现实意义。

研读《资治通鉴》是一个长期的学习过程，研读起来不可能像平常著作那样一看就懂，一蹴而就。只有刻苦研读，不厌其学，专心致志，长期积累才能达到学习目的。因为司马光仅编写此书就花费了19年时光，内容广泛浩大，且在1000多年前，古人运用的文言体、语法与现在的语法不同，难以译读，我们需要一定的文字功底和借助一些学习辅导工具书，才能逐渐读懂。台湾著名作家柏杨先生非常擅长研读《资治通鉴》，他说："没人读《资治通鉴》我并不奇怪，我很理解现在的年轻人，不是不想看，而是看不懂。"所以，研读《资治通鉴》首先要有阅读兴趣，其次要打好文字功底，最后还要有恒心，同时要注重多向专家学者请教帮助。

因我本人研读《资治通鉴》时间并不长，也正处在研读摸索阶段，在学习过程中遇到了很多理解困难，愈是困难，愈能激发我的学习欲望，愈是难以理解，愈能体会精彩的韵味。我真诚希望更多的青年朋友加入研读《资治通鉴》的学习队伍中，我更诚挚地期待有关这方面的专家、学者不吝赐教，给予指点帮助。由于本人才疏学浅，只是把点滴研读体会畅谈出来，但愿能起到抛砖引玉的作用。

最后用如下两句话与诸君共勉：资治修贤鸣天下，通鉴悟明著人生。

注：此文作于 2006 年，编入北京燕山出版社《创新发展为民》一书，作者时任中共开封县委人才办主任。

《资治通鉴》中的女性类述

通览历史巨著《资治通鉴》，司马光在记载古代政治、经济、军事、文化、艺术等典籍的同时，还记录刻画了许多妇女典型。通过她们的言行反映了时代局势、才识素养、生存状况悲惨情景，赋予了其鲜明的时代个性特点。品读起来，不仅令人慨然长叹，而且令人深思。笔者认为，从《资治通鉴》中记录的那些女人特点来讲，女人虽然被要求作为男人的附庸，安身立命，妇随夫唱，但事实并非如此。各种各样的女人类型不仅反映了女人的貌然言行、内心世界、自然属性，而且推动了社会历史的前进，和男人一样创造了中华民族灿烂的物质文明、精神文明和政治文明。根据司马光的记述，笔者经过摘录译意，就事论人，大致把《资治通鉴》中的女人分为以下九个类型。译述如下：

第一类，聪慧果敢，相携参政，熟谙权术，堪重固宠，谓擅权佐政型。

——"春，正月，舍人弟上变，告信欲反状于吕后，吕后欲召，恐其党不就；乃与萧相国谋，诈令人从上来，言陈希已得，死，列侯，群臣皆贺。信入，吕后使武士缚信斩于长乐钟室。"（春天正月，舍人的弟弟上书说有叛变。向吕后告发了韩信谋反的情况。吕后想召见韩信，又恐怕他推辞不来，于是就和相国萧何商量，骗称有人从高帝作战的地方回来，说陈希已被俘虏处死，列侯和群臣争相入宫致贺。韩信入宫后，吕后命令武士逮捕了韩信，并把他杀死在长乐宫的钟室）

——"独孤夫人亦谓坚曰：'大事已然，骑虎之势，必不得下，勉之！'后曰'国家之事，焉可顾私'，长仁竟坐死"（杨坚的夫人独孤氏对他说："大势已定，骑虎难下，一定不得放弃，你好自为之！"她又说，"严格执法是国家的大事，哪里能循私枉法呢？"最终崔长仁被杨坚处死）

——"其妻曹氏谓建德曰：'祭酒之言不可违也。今大王自滏口乘唐国之虚，连营渐进以取山北，又因突厥西抄关中，唐必还师自救，郑国何忧不解！若顿兵于此，劳师费财，欲求成功，在于何日？'"（窦建德的妻子曹氏对他说："祭酒说的话是不能反对的。现在大王您自滏口乘着唐国空虚，连营逐进占领山北，还因为突厥向西抄掠关中，唐军一定会班师回来自救，何必发愁郑的围困不破解呢？如果就此停兵不前，军队耗费资财，贻误战机，还想成功，等到哪一天呢？"）

——"文德皇后固请曰：'妾备位椒房，家之贵宠极矣，诚不愿兄弟复执国政。吕、霍、上官，可为切骨之戒，幸陛下矜察！'"（文德皇后坚决请辞说："卑妾位居椒房，家人亲属极受贵宠，真的不希望兄弟们执掌国事，汉朝吕后、霍光、上官桀，可作为刻骨铭心的鉴戒，还望陛下您矜怜明察。"）

——"公主方额广颐，多权略，太后以为类己，宠爱特厚，常与密议天下事。"（太平公主方面大额，多谋擅权，武太后认为她与自己很像，于是对她宠爱有加，经常同她秘密商议天下大事）

第二类，遇事沉稳，临危不惧，智勇兼备，大胆豪放，谓有勇有谋型。

——"贺氏夜饮显酒，令醉，使圭阴与旧臣长孙犍、元他，罗结轻骑亡去，向晨，贺氏故惊厩中群马，使显起视之。贺氏哭曰：'吾子适在此，今皆不见，汝等谁杀之邪？'显以故不急追。圭遂奔贺兰部，依其舅贺讷。"（贺氏在晚上请刘显喝酒，故意让他喝醉，然后偷偷让拓跋圭和旧臣长孙犍、元他、罗结等人骑快马逃跑。次日凌晨，贺氏故意惊动马厩中的马群，然后叫刘显起来看，并哭喊着说："我儿子刚才还在这，现在跑哪了？你们中是谁把他杀害了？"于是刘显没有急着去追杀拓跋圭）

——"凝之妻谢道蕴，奕之女也，闻寇至，举措自若，命婢肩舆，抽刀出门，手杀数人，乃被执。"（王凝之的妻子谢道蕴，是谢奕的女儿，听说反贼到了，镇定自若，毫不畏惧，一边命令侍女把她扶到轿上，一边拔刀出门，亲手杀死几名叛贼才被抓捕）

——"高凉洗氏，世为蛮酋，部落十余万家，有女，多筹略。善用兵，诸洞皆服其信义。"（高凉洗氏，世代为蛮族酋长，统治部落十几万户。她有一个女儿，足智多谋，擅长打仗，各个蛮属分支都归顺于她）

第三类，生性倔强，重情晓义，坚守贞操，宁死不屈，谓高尚风范型。

——"杨氏曰：'大人卖女与氏以图富贵，一之谓甚，其可再乎！'遂自杀，谥曰穆后。"（后凉杨皇后说："父亲把女儿卖给氏人，贪图荣华富贵，卖一次就够了，还忍心再卖第二次啊！"说罢就自杀了，追封谥号为穆后）

——"帝令兰陵公主与述离绝，欲改嫁之，公主以死自誓，不复朝谒，上表请与述同徙，帝大怒。公主忧愤而卒。"（隋炀帝命令兰陵公主和柳述离异，断绝关系，想把

60

她改嫁别人，公主却用死来自誓，不再上朝拜见天子，并上奏要求和柳述一起充边，皇帝大怒不准，结果兰陵公主忧愤而死）

——"公主性严毅，终身不肯华言。"（柔然国蠕蠕公主性格严峻刚毅，终身不肯说一句汉语，仍言本族语）

第四类，言行丑陋，薄情寡义，讥谗是非，乱伦害人，谓卑鄙失德型。

——"湘东王绎娶徐孝嗣孙女为妃，生世子方等。妃丑而妒，又多失行，绎二三年一至其室。"（湘东王萧绎娶了徐孝嗣的孙女为王妃，生下了嫡长子萧方等。徐妃长得丑又好妒忌人，行为又常常不检点，于是萧绎二三年才到她那儿一次）

——"太子永之母王德妃无宠，为杨贤妃所谮而死。"（皇太子的生母王德妃不受唐文宗宠爱，被杨贤妃向皇上进谗言诬陷而死）

——"刘夫人最有宠，其父成安人，以医卜为业。夫人幼时，晋将袁建丰掠得之，入于王宫，性狡悍淫妒，从王在魏；父闻其贵，诣魏宫上谒，王召袁建丰示之。建丰曰：'始得夫人时，有黄须丈人护之，此是也。'王以语夫人，夫人方与诸夫人争宠，以门第相高，耻其家寒微，大怒曰：'妾去乡时略可记忆，妾父不幸死乱兵，妾守尸哭之而去，今何物田舍翁敢至此！'命笞刘叟于宫门。"（晋王李存勖的刘夫人最受宠爱，她的父亲是成安人，以行医占卜为业。刘夫人小时候，被晋将袁建丰抢走，并送入王宫。刘夫人性情狡猾泼悍，放浪妒忌，跟从晋王在魏国。她的父亲听说她已显贵，就到魏宫拜见晋王，晋王召见袁前来辨认。袁说："当时得到刘夫人时，有一个黄须老头护着她，就是这老头。"晋王把这话告诉了刘夫人，此时刘夫人正与其他几个夫人争宠吃醋，互相攀比门第高低，对自己的出身寒微感到羞耻。她听后非常生气地说："我离开家乡时还大致记得，我的父亲不幸死于战乱，我曾趴在他的尸旁痛哭后离开，现在从哪儿来个乡巴佬敢来这里胡闹！于是下令门卫在宫门外把刘老头棍打一顿撵走了）

——"平卢节度使、太师、中书令陈王安审琦仆夫安友进与其嬖妾通，妾恐事泄，与友进谋杀审琦，友进不可，妾曰：'不然，我当反告汝。'友进惧而从之。"（平卢节度使、太师、中书令陈王安审琦的男仆安友进，与他宠爱的一个小妾私通，小妾害怕事情败露，于是就与安友进商量谋害安审琦，安友进不同意，可小妾却说："你不这样做，我就反过来告你强奸我。"安友进听后，非常害怕，就顺从她了）

第五类，蛮刁无理，犯迷误事，贪婪无厌，心狭胸窄，谓憎恶愚蠢型。

——"帝姊寿阳公主行犯清路,赤捧卒呵之,不止,道穆令卒击破其车。公主泣诉于帝,帝曰:'高中尉清直之士,彼所行者公事,岂可以私责之也!'"(萧衍帝的姐姐寿阳公主外出时违反了戒严令,赤捧卫士呵斥制止她,她不停止,高道穆下令卫士把她的车子砸破。公主急忙向皇帝哭诉抱怨。然而皇帝却说:"高中尉是个清正耿直的人,他所执行的是公事,我怎么能用私情来怪罪他呢!")

——"音等议出二王为刺史,以帝慈仁,恐不可所奏,乃通启皇太后,具述安危。宫人李昌仪,高仲密之妻也,李太后以其同姓,甚相昵爱,以启示文;昌仪密启太皇太后。"(杨音等会商的结果,决定将二王外调出去做刺史,但因齐主仁慈,恐怕他不准奏,于是先上表启送给皇太后,详细说明了情况,为了幼主的安全,迫不得已。有位叫李昌仪的宫女,是高仲密的妻子,李太后因她与自己同姓,对她很亲近要好,便将杨音等人的密启交给她看,不料李昌仪竟将密启内容泄漏给了太皇太后娄氏。结果杨音等被杀)

——"齐王以令萱为女侍中。自是令萱与其子侍中穆提婆势倾内外,卖官鬻狱,家敛无厌。"(齐王封陆令萱为女侍中。从此,陆令萱和她的儿子穆提婆势力强大,权倾

宫里宫外，他们母子俩公开标价卖官鬻爵，干扰狱政，循私枉法，贪得无厌）

第六类，生活窘迫，处境凄凉，生不如死，死有余憾，谓悲惨凄苦型。

——"时长安饥，人相食，诸将归，吐肉以饲妻子。"（当时长安发生饥荒，人吃人现象严重，参加宴会的将军偷偷把肉含在嘴里，回家后再吐出来给妻子吃）

——"九月，悉召江都境内寡妇，处女集宫下，恣将士所取，或先与奸者听自首，即以配之。"（九月，隋炀帝下令把江都境内的所有寡妇、处女都集合在宫下，让他们随意挑选，或者先允强奸自认，而后同意婚配）

——"太后遂断戚夫人手足，去眼，辉耳，饮喑药，使居厕中，命曰'人彘'。"（吕太后命人砍断戚夫人的手脚，挖去眼睛，用药熏耳，又逼她喝哑药，让她住在茅厕中，叫作'人猪'）

——"循知不免，先鸩妻子，召妓妾问曰：'谁能从我死者？'多云：'雀鼠贪生，就死实难。'或云：'官尚当死，某岂愿生！'乃悉杀诸辞死者，因自投于水。"（卢循自知难免一死，首先毒死了他的妻子，而后将他的歌妓、小妾召集一起问道："你们谁愿和我一起死？"其中多数说："麻雀、老鼠都知贪生，让去死确实难呀！"有的说："您将要

64

死了，我怎么还愿活着呢？"于是卢循把那些不想死的全部杀了，然后自己也投水自尽了)

第七类，征调劳役，给养军需，见习农事，躬耕亲作，谓役使劳作型。

——"丁男不供，始役妇人。"（男丁供给不足，开始役使妇女）

——"三月癸己，皇后帅内外命妇亲蚕。"（三月初十，长孙皇后亲自带领内外命妇植桑养蚕）

——"欢上书言：'并州，军器所骤，动须女功，请置宫以处配没之口。'"（高欢上书说："并州是军备器械聚集的地方，随时需要用妇女做纺织裁缝等事，奏请安排宫室配给没居所的人栖住安身。"）

第八类，幸赦获释，改变境遇，成家团圆，享受天伦，谓安身立命型。

——"东魏丞相欢请释，邙山俘囚桎梏，配以民间寡妇。"（东魏丞相高欢上奏请求释放邙山大捷所俘西魏的囚犯们，把民间的寡妇许给他们）

——"诏：'诸元良口配没入宫赐人者并纵遣。'"（齐王高殷下诏说："所有魏宗宝的良家子女，被没收分配于宫内的或者被赏赐给王侯将相家的，一律释放回家）

——"上曰：'妇人幽闭深宫，诚为可愍。洒扫之余，亦何所用，宜皆出之，任求伉俪。'"（唐太宗说：妇人幽禁深宫，实在可怜，除了做清扫活以外，没其他事可做，应该全部遣返回家，随由她们婚配）

第九类，被逼无奈，削发为尼，远离世尘，清静修道，谓皈依佛门型。

——"太后尽召肃宗后宫，皆令出家，太后亦自落发。"（梁太后将肃宗的后宫全都召来，命令她们全部出家，太后自己也削发为尼了）

——"甲辰，以乙弗后为尼，使扶风王孚迎头兵女为后。"（十五日，让乙弗后削发为尼，派扶风王孚去迎娶头兵的女儿，立为皇后）

——"以太子妃赐郭元建，元建曰：'岂有皇太子妃乃为人妾乎！'竟不与相见，听使入道。"（把太子妃赏赐给郭元建，他却说："哪有皇太子妃改做他人妾呢！"一直不和她相见，听凭她遁入佛门修道）

当然，除此以上九种女人类型外，《资治通鉴》中还记录了许多有个性特点的女人，或善或恶、或聪或拙、或靓或丑、或才或懦，等等，她们都已成为趣谈往事，都化作了历史涓流，都引作了鉴戒先例。闲来之余，引据归类，草撰逸文，仁智自辨，举例牵强，欠妥见谅。目的就是以史鉴今，以人为镜，趋真溢美，汲长避短，真诚感召当今广大女性树立自信、自立、自爱、自强的新时代形象。

注：此文作于 2009 年 4 月，发表在《开封社科杂志》，作者时任中共开封市委党史研究室副主任。

再谈《论共产党员修养》的现实意义

　　《论共产党员修养》是刘少奇同志在抗日战争时期的重要著作，是中国共产党思想理论建设史上的重要文献。这一党建卓著在中国革命、建设和新时期党员队伍发展壮大、党性教育等方面都起到了非常重要的作用。虽时过境迁，但历久弥新，它永远是我们全体党员干部学习的必修课程和参考教材。

　　溯及历史，《论共产党员修养》是刘少奇同志根据抗战需要，审时度势，贯彻中共六届六中全会精神，呕心沥血专门撰写的一本党建教材。其提纲挈领酝酿试讲于河南渑池，撰写初稿于中原局所在地确山竹沟，传播扬名于革命圣地延安，先发表在《解放》杂志，后编入《整风文献》，出版单行本。经历了一个酝酿提纲、精心撰写、试讲演讲、修改完善、出版传播的过程，充分体现了刘少奇同志对我党思想理论建设认真负责、科学严谨的革命精神。

《论共产党员修养》丰富和发展了马列主义的建党学说。在内容上从九个方面论述了每个共产党员应该怎样加强思想意识修养、理论修养和党性修养，确立共产主义的理想信念，培养共产主义的道德品质；如何有效地贯彻执行党的路线、方针、政策，更好地提出问题、分析问题和解决问题；如何克服各种非无产阶级思想，坚定党的立场，提高党员修养水平和班子建设能力。该学说析理透彻，言之凿凿，高屋建瓴。刘少奇创造性地为广大共产党员建立了自我修养和觉性锻炼的系统理论，填补了马列主义建党学说的空白，从而使共产党员的修养与实践具备理论化、规范化和党性化。

《论共产党员修养》是我们每个共产党员加强自我修养的一面明镜。我党的宗旨是全心全意为人民服务，最高理想和最终目标是实现共产主义，从而解放全人类。这就要求我们每个共产党员要密切联系人民群众，坚持实事求是，一切从实际出发，自觉开展批评与自我批评，以修养标准为鉴照，常学常新。

《论共产党员修养》是我们高举中国特色社会主义伟大旗帜的理论基石。刘少奇同志早就指出，共产主义事业是人类历史上空前伟大而艰难的事业，共产主义事业的胜利必须经过一个长期的、艰苦的斗争过程。结合目前我国特色社会主义初级阶段实际，生产力还不发达、人口众多、国情复杂、国际竞争力较弱等情况，都迫切要求我们每个党员自觉加强党性修养，为早日实现社会主义现代化，走向共同富裕而奋力拼搏。

《论共产党员修养》是我们每个党员干部深入学习实践科学发展观的强大动力。共产党员修养的最终目的是增强为人民服务的本领，把革命的热情和科学的精神有机结合起来，促进党的各项事业不断发展进步，成果惠及广大人民群众。

科学发展观作为一项政治活动载体，其要义、核心、基本要求和根本方法与共产党员修养的目的是一脉相承的。《论共产党员修养》为实践科学发展观提供了理论渊源和动力支持，践行科学发展观又为加强党员修养提供了表现形式和落实内涵。

《论共产党员修养》是我们党员干部率先垂范、促进党内民主团结的科学准则。刘少奇指出，共产党员是不能有任何的自满和骄傲的。于是他在该著中占用 1/3 的篇幅内容，对党内的错误思想认识进行了举例，挖掘了产生根源，表明了态度主张，要求共产党员要用无产阶级的态度、马克思列宁主义的态度，明辨党内是非，倡导弘扬正气，开展积极斗争，提高党的纪律和威信。所以，我们每个共产党员自始至终都要树立党的利益至上的原则，坚持民主集中制，吃苦在前，享乐在后，克己奉公，多做贡献，真正"把自己锻炼成为一个忠诚纯洁、进步的模范党员和干部"。

　　注：此文作于 2009 年 6 月，发表在《开封日报》，作者时任中共开封市委党史研究室副主任。

《述行赋》译文

延熹二年（159）秋天，阴雨连绵一个多月。当时外戚梁冀刚被诛灭，由徐璜、左悺等五常侍把持朝政。又在洛阳城西建筑显阳园，百姓受冻挨饿，死者无数。白马令李云直言上谏却遭处死。鸿胪卿陈蕃为李云辩解也获罪。徐璜推荐我擅弹琴，奏明朝廷，命陈留太守把我送到京师。到达偃师，旧病复发，得以返还。我对此事愤恨不已，于是根据所经之处，写作了此赋。

我出发前往京师洛阳，正遭遇秋雨连绵之际。道路坎坷与不顺相连，遍地成河，到处受灾。车马泥泞不堪，难以行进，心情惆怅烦闷不已。自大处讲可存为历史，从小处说可作为赋词。

夜晚我下榻住在大梁城，讥笑信陵君被奉为神。可怜晋鄙死得好无辜，愤怒朱亥谋乱抢夺军权。经过中牟县老城时，憎恶佛肸侍奉君主不忠。打听宁越的后代情况，结果好像没有人知道。

经过莆田时向北方俯瞰瞭望，才清楚卫国疆域相当辽阔。到达管叔的封地又更加感叹，自商时人们就恼恨管蔡二人。越过当年刘邦所划定的鸿沟边界，在荥阳凭吊了勇将纪信。

虎牢关以西，地势坡陡，曲折幽森，山路崎岖，冈丘起伏连绵。诸侯勤王保卫边疆，申不害营建的宫殿奢靡豪华。深知袁涛涂的乖戾罪恶，以致夫人被流放到大名。登上山坡，居高临下，披荆斩棘，穿过丛林。强身健体屹立高洪之处，历尽千秋，流芳百代。绕过陡绝的悬崖峭壁，小山空旷寂静，奇形怪状。山冈蜿蜒曲折绵延不断，峡谷凶险阴森可怕。巍峨的山势压得人难以喘气，陡峭宽阔的沟壑令人肃然起敬。栎树朴树郁郁葱葱，榛树和楛树竞相生长，雨淋水浇萝蔓缠绕。布满了茅草和苔藓，顺着梯崖密麻攀爬而生根茎。在行进中向南边望去，一览太室山的强大魅力。回首再向黄河北边望去，向下看到洛水与伊河交叉汇流。回忆刘邦时制定的传世朝仪，赞美夏禹舍家治水的功德。悼念夏太康帝失去尊位，不忍怜听启五个儿子的悲声。

不久整饬车马加快前进速度，可是路途渺茫没有尽头。

山风呼啸似波涛汹涌，寒气恐怖不安凛冽刺骨。阴云笼罩四处弥漫，秋雨淅沥慢慢变小。仆从疲惫不堪几乎累死，我和马疲惫成疾腿脚发软。阻挡在荒山野岭而停车歇马，天气仍然阴沉沉而不晴。

哀伤周朝衰败礼崩乐坏，眺望山水绝境又顿增感慨。愤恨子带叛乱篡权夺位，诸侯慰问周襄王在会盟台。悲叹宠幸姬妾造成祸患，内心悲痛凄惨不已。

乘坐舫船顺水而下，绿波荡漾舟行疾驰。遥想宓妃的美貌神姿，不禁神情忧伤，潸然泪下。这的确是熊耳山迸流出的甘泉水，汇集了伊水、瀍水和山涧激流。通渠开源于京城洛阳，用途是运输边远臣民所缴赋税。摆渡江南千万艘大船，装载奇珍异宝，进贡王府所需。渡到洛河逍遥自在，在巩都停留后而消失。可怜齐简公轻易失去了军队，实在痛恨宋子朝所造成的危害。

天空昏暗，乌云密布，先细雨纷飞后倾盆瓢泼。道路冲毁没有路辙，泥泞不堪实在无法前行。自山峰高处开始往下降，到达偃师得以借口返乡。慨叹田横自刎献首的壮举，赞扬两个门客掘坟相随的侠义。长期羁留等待天气晴转，忧心忡忡，坐卧不安。日夜苦盼，归心似箭，蓦然惊醒，翘首天亮。期盼风停雨住，天高云淡，可是依然恶劣没有缓和。命该如此早作下步打算，想到路途艰难也要东返。偶见阳光露脸绚丽灿烂，怅然若失，喜笑颜开。

使唤仆人驾着马车，载着我赶往京城洛阳。那是豪门士族居住的地方，万邦朝贺，云集四方。权贵惑众气焰嚣张，贪财暴虐，耻不知敛。前车之覆的教训还未过去，后车随即跟着就倾倒了。楼台瓦榭建得精巧极致，可百姓却露宿荒野，寒冷不堪。为豢养珍禽异兽不惜车马劳顿，而百姓却以秕糠充饥没有粮吃。追求富贵利于那些奸邪小人，迫害君子贤士却日趋紧急。回忆伊尹吕尚被罢免流放，无端抓人，天理不容。尧舜时代已经遥远逝去，社会风俗往往来源于积累的习惯。周时政通人和草木兴旺，悲哀当今正道日益艰难。

观察社会风气的好坏，好比混乱蔓延的远近。没有成绩来奉献世间，那么还为何生在这个朝代？甘居陋室而淡泊宁静，赞美京师而渴望返乡。于是人马接踵相伴回转，兴邦治家，随遇而安。

随言：跋涉远路，既艰难又险阻。最终记忆犹新，因困于阴雨造成。游览了许多老城，寻觅了过去的历史。考察了过去的传说，验证了所有的疑问。置身高处写作此赋，有感于正义。目的是为了扬善惩恶，怎么能说是随便写的呢？如哀鸣孤鸿一样独自翱翔，没有知音陪伴飞行。说来说去，我的内心实在空虚啊！

　　注：作者十分爱读蔡邕的《述行赋》，因原文生涩难懂，又无学习参考，便多方请教，尝译了此赋，以助研读。

2016 年 5 月 31 日

附《述行赋》原文

述行赋

东汉　蔡邕

　　延熹二年秋，霖雨逾月。是时梁冀新诛，而徐璜、左悺等五侯擅贵于其处。又起显阳苑于城西，人徒冻饿，不得其命者甚众。白马令李云以直言死，鸿胪陈君以救云抵罪。璜以余能鼓琴，白朝廷，敕陈留太守发遣余。到偃师，病不前，得归。心愤此事，遂托所过，述而成赋。

　　余有行于京洛兮，遭淫雨之经时。涂迤遭其塞连兮，潦污滞而为灾。乘马蹯而不进兮，心郁悒而愤思。聊弘虑以存古兮，宣幽情而属词。

　　夕宿余于大梁兮，诮无忌之称神。哀晋鄙之无辜兮，忿朱亥之篡军。历中牟之旧城兮，憎佛肸之不臣。问宁越

76

之裔胄兮，藐仿佛而无闻。

经圃田而瞰北境兮，晤卫康之封疆。迄管邑而增感叹兮，愠叔氏之启商。过汉祖之所隘兮，吊纪信于荥阳。

降虎牢之曲阴兮，路丘墟以盘萦。勤诸侯之远戍兮，侈申子之美城。秸涛涂之慁恶兮，陷夫人以大名。登长坂以凌高兮，陟葱山之岧陉；建抚体以立洪高兮，经万世而不倾。回峭峻以降阻兮，小阜寥其异形。冈岑纡以连属兮，溪谷夐其杳冥。迫嵯峨以乖邪兮，廓严壑以峥嵘。攒械朴而杂榛梏兮，被浣濯而罗生。步礜薆与台菌兮，缘层崖而结茎。行游目以南望兮，览太室之威灵。顾大河于北垠兮，瞰洛汭之始并。追刘定之攸仪兮，美伯禹之所营。悼太康之失位兮，愍五子之歌声。

寻修轨以增举兮，邈悠悠之未央。山风汩以飙涌兮，气慅慅而厉凉。云郁术而四塞兮，雨蒙蒙而渐唐。仆夫疲而劬瘁兮，我马佪陵以玄黄。格莽丘而税驾兮，阴曀曀而不阳。

哀衰周之多故兮，眺濒隈而增感。岔子带之淫逆兮，喑襄王于坛坎。悲宠璧之为梗兮，心恻怆而怀惨。

乘舫州而泝湍流兮，浮清波以横厉。想宓妃之灵光兮，神幽隐以潜翳。实熊耳之泉液兮，总伊瀍与涧瀍。通渠源于京城兮，引职贡乎荒裔。操吴榜其万艘兮，充王府而纳最。济西溪而容与兮，息巩都而后逝。愍简公之失师兮，疾子朝之为害。

玄云黯以凝结兮，集零雨之溑溑。路阻败而无轨兮，涂泞溺而难遵。率陵阿以登降兮，赴偃师而释勤。壮田横之奉首兮，义二士之侠坟。伫淹留以候霁兮，感忧心之殷殷。并日夜而遥思兮，宵不寐以极晨。候风云之体势兮，天牢湍而无文。弥信宿而后阕兮，思逶迤以东运。见阳光之颢颢兮，怀少弭而有欣。

命仆夫其就驾兮，吾将往乎京邑。皇家赫而天居兮，万方徂而星集。贵宠煽以弥炽兮，金守利而不戢。前车覆而未远兮，后乘驱而竞及。穷变巧于台榭兮，民露处而寝洼。消嘉谷于禽兽兮，下糠粃而无粒。弘宽裕于便辟兮，纠忠谏其骎急。怀伊吕而黜逐兮，道无因而获人。唐虞渺其既远兮，常俗生于积习。周道鞠为茂草兮，哀正路之日涩。

观风化之得失兮，犹纷拏其多远。无亮采以匡世兮，亦何为乎此畿？甘衡门以宁神兮，咏都人而思归。爰结踪而回轨兮，复邦族以自绥。

乱曰：跋涉遐路，艰以阻兮。终其永怀，窘阴雨兮。

历观群都，寻前绪兮。考之旧闻，厥事举兮。登高斯赋，义有取兮。则善戒恶，岂云苟兮？翩翩独征，无俦与兮。言旋言复，我心胥兮。

诗词歌赋篇

秋夜赋

弦月隐去兮星转斗移，蟋蟀鸣歇兮待为天明。

今夜无眠兮不觉困，辗转反侧兮索缘由。

家事国事天下事，深思兮缠上心。

亲情友情百姓情，历往兮令动容。

暖融炎腾兮萧秋倏至，路漫水长兮日晷渐驰。

盖英豪志士求索兮，怜苍生以正道。

夫寒暑易节天时兮，禀正气以从容。

嗟叹世事，难合全意。

2009 年 8 月 26 日

放鸢赋

　　昔墨子、鲁班削竹为鹊，木鸢成飞在天，三日不坠，可谓"鸢"源。至汉张良、韩信以传军机，巧作纸鸢。四面而楚歌，围垓而终战。历唐至今，皆有咏篇。古曰纸鸢，今唤风筝。树绿水暖，随处可见；春风乍起，鸢忙人闲。形地凸凹，尽得平坦，紧收制放，顺乎自然。余每春练之，皆欣舞焉。

　　夫纸鸢形状，种类多繁。或似蟠龙，遨游九天；或似飞凤，喜临人间；或似麻鹰，上下俯瞰；或似蝴蝶，双翅斗妍。花鸟虫鱼，出神入化，人物脸谱，绚丽夺目。区区纸鸢，寓人智慧，窥世之盛乱，察人之体健。

　　至如其产地，华夏有六处；至如其特色，处处又各异。开封史久类多，技巧精细；潍坊累办盛节，海外赞誉；阳江九九重阳，风筝遍地；南通板鹞弦响，博览收藏。北京沙燕，天津元泰，妙手绝技，代代相传。

　　余闲暇以消遣，游西湖而放鸢。蝶鸢翩翩，情系一线。至高至远，往年鲜见。忽徐坠而紧收，稍骤升而放缓。东奔西逐，心怡惬然。人至中年，犹如纸鸢。高低参差，掌牢一线。清风如可托，终共白云飞。如节晚不全，恐惜溅泥焉。嗟乎，岂不悲哉！

2016 年 5 月

清明祭母赋

清明雨纷，祭吾慈母。时光荏苒，别吾近年。

儿女常泣，难忘生前。音容常在，泪盈思念。

汝生乱世，朝不保夕。天佑护命，聪长乡梓。

廿岁去谭，嫁于西韩。生儿育女，果腹艰难。

饥荒之年，刨薯乞饭。勤俭持家，任劳任怨。

敬老睦邻，是非明辨。含辛茹苦，责己论理。

慕才重教，眼界远高。倾育三子，嘱翔万里。

乐善好施，助人舍己。纺织裁染，教导两女。

暮年薄福，美馔初享。家风孝悌，子孙满堂。

期许百诞，却违吾愿。嘉月寥寥，每夏哀号。

梦境常忆，知母不甘。寿终正寝，拜母心安。

生老病死，万物规律。仙鹿引路，鹤伴西天。
阴阳虽隔，心蒂互牵。贞石未勒，美名已传。

仲子长建于丙申清明前夕

游尉赋

丙申仲夏，师友玉亮携余及吕莹往尉氏，承红伟、国良、张强、显平诸文友厚待之。以文会友，畅叙辞赋，探讨真谛，游历胜景，相聚甚欢，余尤兴，遂托所历，述而成赋。

余有行于尉氏兮，遇仲夏之经时。树茂瓜香芬芳兮，气虽炎熇（hè）①而心平。车行路颠缓驰兮，犹是黄姑②见织女。欲览蓬池③盛景兮，幼时启蒙既慕名。

夫尉氏郑国别狱兮，远逝而杳冥④。伊尉缭⑤之遗功兮，福泽荫被而来叶。久慕竹林七贤兮，东湖映啸台。阮氏享誉驰名兮，碑林颂嗣宗。少幼聪颖，情志典坟⑥；明哲处世，尤好老庄；放性任达，嗜酒能啸；侍母敬亲，传唱毗邻；纷情如静水，铜鉴照清心；逢同乐善事兮，视之以青眼；遇怙侬妄徒兮，待之以白睛。曲者高，应者寡。钟子期⑦，俞伯牙⑧。南山直腰以渊明，朝堂脱靴而青莲。

长吟胡笳节拍兮，姬庙依虹桥。蔡氏父女擅文兮，焦尾琴清泛⑨。一代才女，颠沛流离；独居胡帐，含屈咀⑩辱；提笔无语，伏案掩泣。幸有阿瞒倾情兮，文姬千里归故土。粉黛飘袂随风兮，诵默遗篇留千古。俟⑪峨庙之待成兮，接踵趋拜以祈天。兴国寺遗址兮砖塔耸立。经千年沧桑兮秀美玲珑。

方坤⑫古城洧川兮，人杰地设形胜地。东有城隍庙，北有旧庠序⑬，西筑鸿台寺，南存洧阳门。溱洧文化厚重兮，着力撰写以方志。洧俗民风淳朴兮，待客褰裳以美食。伊刘青霞故居兮，仲夏及春而再访。辛亥女杰，资助革命；功在社稷，芳名传世。叹世间炎凉兮，青霞蜡梅喻坚贞。赞义举慷慨兮，庭中海棠耀千秋。

张强庄园小憩兮，啖瓜品茗而清凉。桃苑潜行采果兮，柿干环抱以遒壮。冈陵起伏，满目翠绿；藤萝葡蔓，挂垂舍颠；东蓄碧池，鱼跃波漪；西饲鸡鹅，引颈畅曲。聚听雨斋，众友品茗，岂独听雨？《茶经》一部，绢书两幅；沙发庶几，骚客比肩；茶味三巡，饮诗啫赋。荒丘焕生机，草木荡葳蕤⑭。置身庄园中，如临宫上阙。风声雨声弦急兮，恐春秋之不吾与。辞意赋意浏亮兮，度泥马⑮过壑之不虞。桃李不言蹊远兮，群英荟萃而济济。

乱曰：尉氏之行，欣然往之。主以敬宾，客亦谦逊。谈天论地，不忘初心。斯地重文，代出高人。慕名既久，考之旧闻。见贤思齐，从善克己。诚邀友朋，觥⑯酬汴梁。言旋言复，余心翔兮。

2016 年 7 月

注释：

①熇：火势猛烈。

②黄姑：牛郎。

③蓬池：尉氏古称谓。

④杳冥：幽深。

⑤尉缭：战国著名兵家，著有《尉缭子》。

⑥典坟：泛指各种书籍。

⑦钟子期：春秋时楚国隐士。

⑧俞伯牙：春秋时楚国音乐家。

⑨清汜：清澈婉转。

⑩咀：嚼。

⑪俟：等待。

⑫坤：西南方。

⑬庠序：古代官办学校。

⑭葳蕤：形容枝叶茂盛。

⑮泥马：见泥马度康王故事。

⑯舺：盛酒器。

再鸢赋

丁酉仲春，邀挚友游汴西湖，即忆去春同日放鸢而感，再赋之。

春和景明，碧湖荡漾。鱼翔掠波，野凫云集。垂钓如织，如进桃花源。夯桥似龙贯东西，虹拱鹤起入云端。暖风拂面游人醉，直把西湖比西子。寻高台，又重游，绕湖行，忘忧愁。随风放蝶鸢，恰似回少年，心乐颠。

然每过金耀门，极目君影寻。亭廊依旧在，不闻诗赋声。经年宦海游，从未患浮沉。知君公事难，唯恐钱二欺。凡事皆规矩，大众见方圆。公私论分明，品格凌烟上。若处世，约规成范事事铭记心坎；若为公，党纪国法时时利剑高悬；若贵身，不可忘祖荫，当恒继优良之家训；若草根，不可弃鹄志，应常行耕读之勤策。不言经常理，常见鸢徐落。

念时光荏苒，鬓角衰变。年近知命，芒锐逐减。欲放马南山而在路上，欲弃琴弦而在溪旁，欲滥斛醉酒而有故人，欲叹阴惜时而父健在，欲颓废不前而女无成。人有欲胜无虑，人虑多不如行。人生纸鸢兮，拈须问青天。何为哉？乘风追骁马，弹琴唤知音。练就康健体，砧实万事根。笑看父颐养，喜盼女立成。家和百业兴，不枉世一程。

鸢起鸢落，在乎一线，顺势借风，可为关键。使之亮洁勤洗涤，使之高远常修缮，飘浮不定视常态，神稳气正控好线。浆泥湖渊近咫尺，鸢随清风飞万里。或感焉，或悟焉，确忘归途耶。

2017 年 4 月

水调歌头·仕汴十年

祥符十五载，一考仕入汴。俯首躬身流汗，今日得欢颜。泛史海苦而乐，颂党恩亦心甘，此处不尽言。英姿乌发首，悄然雪丝添。

顶酷暑，冒严寒，经流年。顾盼回首，何字形容这十年？秉持仁智做事，常怀礼信待人。凌志未消散。举首愧望月，低头泪湿衫。

注：此词于 2017 年 7 月作者由中共开封县委公选调入开封市工作十年整而感作。

行政服务歌

行政服务三个字，
概括起来人机事。
常说服务老大难，
领导号召就好干。

说起人来先重视，
搞好工作是关键。
市县乡村四联动，
各项业务有骨干。
群众利益放第一，
淡泊名利讲奉献。

说起机器要齐全，

网络对接带周边。
技术支撑很重要，
互联网络是个宝。
认真细心勤查看，
群众办事更方便。

说起事项要清晰，
齐抓共管多梳理。
顺应形势搞创新，
统一平台定要件。
件件办理有规范，
操作流程按时限。
一级办理净跑腿，
二级办理是底线。
三级办理要提升，
四级办理全网通。
证件速递零跑腿，
超时办结触红线。

行政服务民为本，
市民之家为人民。

群众投诉有监管，

便民利企人人赞。

注：此歌作于 2017 年 9 月 18 日，作者当时负责市行政
服务中心业务工作，实现了全省第一个互联网政务服务对
接平台。有感而作之。

慧悟堂赋

山不在高，有仙则名。水不在深，有龙则灵。堂不在微，有主则兴。汴梁八景，堪称云锦，慧悟一堂，如锦添花。博物珍藏，满目琳琅，亘古至今，传承华夏。

夫黑陶器，足见龙山文明；否卦玉壶，可证商周更替；青铜豆壶，仿佛拜谒侯乙；阖闾宝剑，旌摇战国雄风；玉琮陶豚，彰显秦汉之韵；金盅银锭，尽呈富庶唐宋；官瓷秘釉，再亮皇家之尊；元青花罐，又遇鬼谷下山；宣德铜炉，氤氲金佛普度；大清玉碗，五牛神姿栩现；胡旋瓷琴，东盛西域之风；羊皮彩绘，吐蕃画传中原；丝帛长卷，名人书画名篇；宋苏轼，元孟頫，吴昌硕，项元汴，大千启功，尽在列等。田黄碧玺，精雕细琢，世所罕见，编组成套，血珀朝珠，连缀成串，贵值不言连城，但却和氏之璧。诸如杂项，玲珑透剔，梨匾檀榻，王气辉熠，耕读传家，万世教化。玉件细玩，枚不胜举，康乾再世，聊忘建府，移步巡景，乐而忘返。民之馆藏，荟萃一堂，目不暇接，拥肩比踵，汴京又一盛景也。功在当代，福泽千秋。

堂主彦慧，祖汴名士，行侠耿实，多才多艺。廿卅庚时，歌南颂北，先知慧觉，慷慨抛金，聚民间散藏瑰宝于囊中，揽大梁文化精英于堂下，谈古论道，博采众长，远瞻于尧舜，近汲于冬夏。天时逢也，地利助也，人和兴也。乘菁菁莪凯风，傍城擦城遗址，融大宋梦华园，商贾云集，熙来攘往，慧悟堂独秀出彩也。

2018 年 2 月 27 日

许鄢秋游赋

戊戌年重阳节前夕，应友人赵恒君之邀，赴许昌鄢陵秋游一番，甚兴。回汴后所思所历，心绪难拂，游兴未尽，拟一小赋感慨之。

秋高气爽，遍地金黄。硕果垂累，民阜安康。许昌之地，久负盛名，盖因魏武王挟天子以令诸侯也。褒也，贬也，均付水东流为茶余饭后笑谈也。功也，过也，古城春秋楼历经风霜任人评说也。许昌巨变，令人惊叹！楼宇鳞次栉比，赞美有嘉；道路宽阔通畅，车驰心往；苗木花卉产业，天下名扬；温泉健身洗浴，笑傲中原。许昌之花都胜地，名副其实也。

鄢陵温泉，名甲华夏。入汤沐浴，堪称特色。若夫四星叠瀑泉兮，排参差而错落有致；土耳其鱼疗泉兮，咀足底而沁透心脾；缅甸玉板榻兮，烘全身而舒张筋骨。夜阑璀璨，花影晃动，沉醉泉浴，鸟栖不言。金雨玫瑰之温泉，令人流连而忘返。传说悠久之鄢陵，日新月异开新篇。话桑麻、品美食、坐湖帆、泛游湿地公园，人造美景，美景映人，人景自然合一，乐享盛世天地耶！

乱曰：许鄢之游，天公作美，风雨祥助，人车无虞，可谓秋游之佳境也。所经之处，友人相挽，斟筹交错，谈笑风生，临别诵诗，诚祝亲朋常聚顾盼万事如意也。

2018 年 10 月 17 日

五十叹命吟

昔年植柳，依依汉南。

今看摇落，凄怆江潭。

树犹如此，人何以堪？

长吟此赋，令人怆然。

年轮不已，五旬不返。

回首半生，期许残年。

命若何物？缥缈如烟。

顺似尝饴，挫如坠渊。

命之命题，何人答全？

夕阳垂钓，自嘲慨叹。

注：此诗吟作于 2019 年 6 月值 50 岁生日之际，聊以自慰。

女儿授硕衔有感

麦罢时节进京去，

欣喜旋日又归来。

恰逢五十薄诞日，

女儿授硕乐不已。

天道酬勤乃灵验，

天地转寰抒新篇。

镜中衰鬓常慨叹，

尚能饭否一百年？

己亥年夏赴京参加女儿授硕庆典有感

103

2019年（己亥）夏7月7日，赴山东参加东亚博览会，再访师大学友陈锡林。游千佛山，观趵突泉，赏大明湖。此情此景，吾实流连忘返耶！济南历城也曾为秦琼之故乡，归汴后8日晨赋诗一首：

赴山东会见锡林兄归汴偶感

再次山东行，

穿越访秦琼。

亦文尚能武，

醉别笑谈中。

锡林兄之好友宋行长作陪并馈赠诗一首：

赠锡林大学同窗韩长建

长建复长建，

诗才比浩然。

壮志干九霄，

豪气薄云天。

过誉之赞，受之心愧也。

中秋有感

晨悟之义，在乎一天。天命之年，实属怀旧之端。

暑藏收凉扇，

泳衣远河边。

今又临中秋，

难得心放闲。

暖春多风雨，

盛夏汗湿衫。

严冬坎坷路，

思危方居安。

己亥年秋八月廿三日

禅宗大典颂

己亥中秋前夕，吾别汴梁，经商城，趋登封，品茗啖鲜，偕友书萍、程欣，承意乐兄盛待，夜观《禅宗大典》欣喜不已。颂之。

春有百花秋有月，
夏有凉风冬有雪。
若闲无事有牵挂，
便是人间好时节。

中岳嵩山禅有名，
梵乐阵阵传谷声。
秋高气爽访胜景，
挚友结伴登封行。

弦月楼阁升谷仙，
雷光电闪照群峦。
达摩静坐穿时空，
禅定见性忘人间。

幽壑微醺不觉冷，
千僧舞拳脚生风。
少林古刹多往事，
曾救唐王留美名。

金人托梦马驮经，
本无菩提佛修行。
度己度人虔诚法，
慈善厚德为准星。

春夏秋冬皆呈景，
禀性各异心不同。
凡夫不与禅争位，
躬身俯首修为公。

2019 年 9 月 3 日

五十余一有感

风风雨雨五十载，

浑玉迎簪鬓毛衰。

省亲遇童不相识，

别叟笑问客何来。

静生自问歧路为？

职微言轻心不哀。

瞻途漫漫仍求索，

不言长城早许骸。

2020 年 7 月 10 日

观景台眺黄河

九曲黄河天上来，
寒风怒吼沙笼盖。
旋絮飞舞冲霄汉，
心旌荡漾满是爱。

另一首：

冬观黄河有感

浩浩浊波奔东岸，
漫漫黄沙卷狂澜。
铁犀镇守冽风寒，
银河穿雾落人间。

2021 年 1 月 8 日

人生就是一段风景

人生是什么，

每人在不停地诉说，

从幸运地来到世上，

就开始不停地在奔波。

迎着风，顶着雨，

挺直脊梁攀行不退缩，

坚强的拼搏，一世的清醒，

栉风沐雨瞭望人生这段风景。

人生是风景，

每人在经历后诉说，

淡定从容地望着天空，

任看彩虹飞舞白云在漂泊。

风吹过，雨淋过，

永不言败高唱一路歌。

深深的爱恋，潇洒的身影，

华丽转身就是人生这段风景。

2022 年夏

凤鸣喈语集

贺元宵

蜡梅绽放闹元宵，
春意盎然艳阳高。
闲来无事踱方步，
大疫过后尽舜尧。

2023 年 2 月 15 日

114

水调歌头·赠国华

癸卯年五一节值班，心思广开，拟词一首，赠友国华。

下笔似无语，浮想亦联翩。识君不觉数年，情投手足间。品茗谈笑古今，举觞畅饮天地，难得同庚君。君子坦荡荡，熙攘不愧心。

鬓衰白，目昏花，年百半。功名利禄，相忘江湖白云边。泛西湖逍遥游，卸坚甲忘春秋，闲观堂飞燕。康宁值千石，百金恐不与。

2023 年 5 月 1 日

水调歌头·红旗渠

　　癸卯年六月上旬，参加省局举办政数系统红旗渠干部培训班，受益匪浅，填词一首，聊以感想。

　　学习红旗渠，青丝到暮年。大美人间奇观，镶嵌林虑山。引漳入林矢志，山河重新编排，旧貌换新颜。禹王赞杨公，水泽后万代。

　　青年洞，分水岭，侯壁断，太行泣笑，红旗渠精神永在！追寻英才足迹，永葆公仆情怀。勇挑千斤担。韶华似流水，不负新时代。

　　　　　　　　　　2023 年 6 月 9 日于红旗渠干部学院

渔家傲·自勉

癸卯年夏五十四岁生日，自贺词一首。

三十年来在歧路，八千里路樽中悟。功名利禄泪沾布，歇一步，笔歇轻书剑入库。

和睦顺风宅中入，期享八十子孙福。慎终如始不允输。望山庐，鸪声远去还乡俗。

2023 年 6 月 30 日

感遇乔柯弟

起垄闻炊烟，

高士遇桥山。

朝别鄢陵情，

夕聚日照岸。

长行有短歌，

乘帆天际看。

共愿人长久，

松青伴婵娟。

癸卯年仲夏于开封市民之家

贺海成兄退休

秋高气爽丹桂香，

宦海戎装换轻装。

早有约言退休日，

把酒小酌赏菊黄。

人生舞台前后场，

前争功名后保康。

兄弟相交情谊深，

不妨学做七贤王。

2023 年夏于汴梁客家楼

致敬杜老师

初冬兴起黄浦行，

了却夙愿还梦中。

言传身教真诚在。

难忘师生一世情。

2023 年 11 月 13 日

注：杜中超是我上大学时的老师，驻马店泌阳人，工作在上海。

祭兄诞辰六十周年

一母同胞心，
情同手足亲。
英年早逝去，
每忆泪湿巾。

2023 年 12 月 28 日于兄长韩新建诞辰 60 周年纪念日

与祥志西湖散步

天鹅荡清波，绿树湖边绕。

执手相寒暄，鬓衰乌发少。

年惑不言累，知命话未老。

四时景不同，皆言风光好。

2024 年 4 月 17 日

日记篇

高中日记·兄长关怀

　　刚才，哥哥来了。他说有几个本和一件毛衣将送给我。问我是不是回家，他还要回开封。

　　其实，没什么可说的。但我觉得他是十分关心我的。他给钱，给学习用具、衣服。这就是兄弟情，但也是父母教育的结果。为此，给父母致礼，给哥哥致敬！

　　我只有用良好的成绩，展翅高飞，才能对得起他们。

1985 年 3 月 27 日

高中日记·妈妈借钱

昨天又回家了。

骑车于下午 5 点到家，家里很好。大伯家的新房已盖好了，二伯家正在打坯想烧窑。

上午我去拉了两车河土，到地里看了看麦苗，长势挺不错。

爹爹去镇上赶集，至我来校时仍未回家。家里经济困难，妈妈借了两家才借到 4 元钱，真是难呀！

我用了两个小时又来到学校，一路上想的很多，是不是应该继续学下去？应该。

1985 年 3 月 30 日

高中日记·人生思考

　　在人生的十字路口应该怎样选择呢？这是一个非常值得考虑的问题。作为一个青年人，应该怎样对待人生呢？我们应该这样：1. 具有正确的人生观，树立远大的理想。2. 不贪图享受，不腐化、堕落。3. 干一行，爱一行，用心专一。4. 平易近人，时位不移人。

1985 年 8 月 7 日

高中日记·希望

今天教学楼过道里贴示出了今年我校大中专录取人员名单，共 58 人。有中南政法学院、河大、郑大、天津轻工业学院等高等院校，不过一大部分还是在开封。

从今年来看，我校不次于 1983 年（录取 54 人），从现在情况来看，在一中，只要努力就是有希望的，今年仍是文科生录取多于理科生。

正如王老师鼓励自己所说的："好好学习吧！将来是大有希望的。"是的，"精诚所至，金石为开"。努力吧，拼搏吧！愿一年后的今天我能欢快地走出一中的校门……

1985 年 9 月 12 日

高中日记·发愤

雁儿北天飞，

娘嘱早日归。

急盼喜讯报，

千万莫忘掉。

1985 年 10 月 23 日

高中日记·提高能力

一、作为一个学生必须具备三种能力。

接受能力：在老师讲课时注意听讲，能够听懂、了解，能够领会意思。

贮存能力：在听懂的基础上，经过课堂或课下消化，把所听到的知识印记在脑海里，好像贮存物品一样积累起来。

表达能力：把所听到的知识贮到脑子里以后，在必须的时候，像说话、写文章、谈论问题，特别是在考试中，要把它们"吐"出来，达到运用的目的。

二、学习目的必须明确。

即自己的学习是为了什么，自己的志向是什么，应该怎样指导自己。

三、学习必须精、专，等等。

1985 年 12 月 19 日

高中日记·立恒心

人贵有恒，立就功名。

一曝十寒，万事难成。

1986 年 3 月 30 日

高中日记·写在前面

高三就要开始了。

面对最后一年的挑战，应该怎么办呢？

请：

——驶着自己美好的理想小舟划到胜利的彼岸！

——带着父母的思愿攀上那带有荆棘的山巅！

——为了一切，为了所争取的一切，愤书苦读！

——珍惜时光，谱写自己一生的最终事业的战歌！

——让明年的礼炮轰鸣，为你送行！

别了！永逝的过去！

来吧！久待的将来！

1986 年 8 月 2 日

高中日记·最后的呼唤

时间是无情的，岁月是不待人的。

高中三载已度过了三分之二的时间，仅剩下最后的一年，面对最后的挑战应该怎么办？

难道你还想回家扛着锄头顶着烈日面对黄土背朝天吗？

难道你还要在农村争一只眼闭一只眼任凭命运主宰吗？

难道你不为父母、兄弟姐妹们争气，以可喜的硕果来呈献在他们的面前吗？

难道……？

总之，一切从新开始，从现在做起。

集中一切精力，完成自己当前的学业，实现自己的立业大志。

开拓自己的一生，不愧为时代的骄子。

1986 年 8 月 6 日

高中日记·珍惜时光

人生好比一杯酒，关键在于你的酿酒技术和所流的汗水。

时代的步伐、时间的速度是加速度运转的。对一个立志成才的人来说，时间太重要了。

诚然，只有和时间一起努力，方可达到所取之目的。

但愿用自己的汗水和双手为自己编织美好的花环。

1986 年 8 月 20 日

高中日记·父母送粮

今天父母给我送来了粮食，我已经换成了面粉，共三百零二斤三两。另外，父母还给我捎来了绒裤及大衣。

上午我们在王世觉老师家吃饭，师母很热情。饭前饭后的交谈使我不能忘记。

"长建，你应该学习上再踏实点，切莫像别人那样去浪荡，应该赶超那三六班的好学生。"这是王老师对我讲的。

"家里一切都好，不用担心，你哥说了，剩下这半年，不要让你缺吃缺钱。乖乖可要好好上呀！"这是妈妈交代我的，并且说了好几遍。

"家里非常担心，他（指我）是否能考上呀，家里是非常担心……"爹爹也禁不住开了口。一席话，我是否能忘？王老师、我的父母都希望我能争口气，将来能让他们舒口气。我也希望这样。

吃过饭，父母要走了，我送到校门外，现在已经到家了吧？母亲说，"俺俩夜里两三点就往这来"。是的，天气冷。我想到这些也实在无话可说。但我不希望他们来第二次，不要在这样的情况下再来。

我深深地目送着父母的归去，他们也不时地回头注视着我，深情地急切地盼着盼着我凯旋！

放心吧！敬爱的父母亲，我不想给你们丢脸！

1986 年 11 月 27 日

大学日记·入学第一课

今天是到河师大第一天上课。

上午上了两节逻辑课和两节军事课。逻辑课是黄老师讲的。他讲得比较有趣。最后他希望同学们对学习要严格要求，对生活要简朴。这一点我很受感动，因为我本身就是一个农民的儿子。两节军事课看了电视录像，一直看到12：10，午饭耽搁了。

下午上了两节英语课。近两个月来，由于高考后的放松，我觉得英语水平下降许多，要好好赶超别人。

晚上杜老师召开了寝室长会议，我出席了。今后要搞好寝室卫生和管理。看来大学生活丰富且难熬！

1988 年 9 月 8 日

生活日记·侍候病父

昨天夜里，父亲小便了三次，分别是 29 日夜 9 点 45 分、11 点 50 分、30 日 2 点 50 分，今晨 5 点 10 分刚又小解了一次。在凌晨 2 点多时，他说出了许多汗，我一摸，他的未脱秋衣也汗渍渍的。我当即把上层的被子掀去了，只盖了一个套着棉绒的贴身被。一个月啦！从三层被终于减到了一层被。他也知道出汗了，这说明气温对他的身体起作用了。但愿他早日康复，甩掉手扶手和小推车。望父康健，（吾）身累心安！

2020 年 4 月 30 日

生活日记·兄弟欢聚

昨晚与三弟商议，晚邀本家哥留宝、胜利，还有堂姐夫东林哥来家小饮。

时光匆匆，几将一月，侍候老父，我心甘滋。将心比心，我老何往？人生如梦，梦似天庭。无垠宽广，心驰神游。七十古稀，八十犹可，长则忧矣！

是晚，腰甫堂姐夫辛旺也不约而至，酒酣而散。

2020 年 5 月 1 日

生活日记·侍父有感

老似候鸟待欲飞，

风烛残年实可悲！

人在马上不自在，

期许卸甲把身归。

（和衣侍父一月有余，将归市居，心感而作记之！）

2020 年 5 月 2 日

心得随笔篇

赴井冈山学习心得体会

8月22日至27日，按照市委党校精心安排，我作为2015年秋季县处级研修班的一名学员参加了赴井冈山异地教学，时间虽短，但颇感收获很大。培训学习使我进一步加强了党性锻炼，坚定了理想信念，牢记树立的全心全意为人民服务的党的宗旨，增强了干好工作、履好职责、勇于担当的强烈服务意识。

在培训学习中，23日，我们首先听取了井冈山青年干部学院陈胜华教授作的《井冈山的斗争与井冈山精神》专题辅导。陈教授娴熟的讲解，让我们每一位学员听得津津有味，心神领会，感到十分精彩。通过听取讲解，我们清楚地了解了中国工农红军的创建、斗争的历史，我们清楚了以毛泽东为首的老一辈无产阶级革命家创建井冈山革命根据地的伟大意义，我们清楚了井冈山精神的具体内涵和现实教育意义。井冈山精神就是坚定信念，艰苦奋斗，实事求是，敢闯新路，依靠群众，勇于胜利。井冈山的斗争是艰难曲折的，是残酷无情的，是井冈山人民用鲜血换来的，也是坚强不屈的共产党人在白色恐怖条件下开创革命道路的伟大创举。通过参观井冈山革命博物馆，我再次感受到了井冈山的斗争是异常艰苦的，缺衣少穿，环境恶劣。但伟大的共产党人硬是在那样极其艰难的条件下开辟了中国革命的道路，走上了土地革命、武装割据和农村包围城市的建国道路，由小到大、由弱到强，星星之火，可以燎原，井冈山的斗争表现出了毛主席的远见卓识和伟大胆略。

24日至25日，我们先后到黄洋界哨口、茨坪、大井毛泽东旧居、北山红军烈士陵园、小井医院参观学习。毛主席在井冈山时期的几处旧居，虽然是新中国成立后复建的，但是尊重了当时的原貌。80多年过去了，可以想象当时的简陋和贫寒，当时的危险和艰难，当时的理想和期盼。面对国民党军阀的白色恐怖政策："草要过火，石要过刀，人要换种"，这对当时的红军和井冈山广大群众来说，是多么大的考验！坚强的井冈山人民用牺牲48000多人保存了秋收起义失败后700多人的革命队伍，保留了革命的火种。30000多无名烈士长眠在井冈山的红土地上，让幸福生活在今天的我们每个人都肃然起敬。毛主席在那样极其艰难的困境下写出了许多历史经典著作，例如《星星之火，可以燎原》《井冈山的斗争》等，这对当时来讲，不仅回答了当时红军中产生的前途迷茫认识，还对斗争起到了理论指导作用，指引了红军和群众斗争的正确方向。在大井，我们参观了八角楼和贺子珍事迹展，感到贺子珍、伍若兰等红军女战士在那样的时代投身革命需要非凡的勇气和能力，十分了不起。在小井红军医院，我们看到了当时的医疗条件是极其的简陋和恶劣，红军战士省吃俭用捐建了一所自救医院，起到了救死扶伤的巨大作用。红军将领张子清因脚踝骨中弹无法取出救治而早逝，壮志未酬，其事迹感人肺腑，可歌可泣。挑粮小道全长虽然仅有 3.1 公里，但我们体会到了当时筹粮的艰辛，也感到了官兵平等和朱老总亲自挑粮、扁担书名的伟大风范。通过重走红军路，亲临井冈山红军总医院、无名烈士墓、曾志墓、挑粮小道等地参观学习，我对新中国成立前党史尤其是我党早期的历史有了新的理解和认识，有了身临其境的感受，也有了儿时的梦想变成了现实的自豪体验。黄洋界哨口的炮声鼓舞了红军的士气，体现了当时军民一家亲的战斗精神。

在 24 日晚的红军后代访谈课上，我们亲自聆听了红军后代对其先辈事迹的了解和评价看法。这种创新教学模式值得肯定和效仿，的确新颖和见效。通过曾志孙子的讲解，我们了解了曾志作为井冈山时期早期的红军战士和红军医院领导，舍生忘死，卖子筹款，投入革命，历经曲折，坚定信仰，不徇私情，无私奉献，高风亮节。她作为一名党的高级干部，资历深，影响大，在她去世的 6 年前即 1992 年就立好遗嘱：死后不开追悼会，不搞仪式，不告诉地方领导和子孙，自己的所有积蓄全部捐给国家。这实在令每个党员干部敬仰！尤其是为广大领导干部树立了工作、生活和学习的楷模。王佐的曾孙也讲了王佐的出身和参加红军的经历，也讲到了王佐被错杀后家庭的遭遇，及新中国成立后党和国家领导人对其家人的关怀。通过老师的讲解和英烈后人的介绍，我们对当时的红军将领袁文才、王佐被错杀有了进一步的了解，在原因方面增加了一些认识，同时还聆听了《红军阿哥你慢些走》的词作者、老红军江志华的孙女江满凤的成名之路，也颇感井冈山精神的传承与激励。我们的情景互动教学活动，寓教于乐，不仅在实地参观中让我们感受井冈山精神的伟大，也让我们在身临其境中去深刻实践和体验。

我对井冈山现场教学的学习体会是：天下第一井冈山，武装割据开新篇。土地革命得民心，万众救星毛委员。军民团结一家亲，艰难困苦勇创新。星火燎原红旗展，井冈精神代代传。

注：作者时任开封市行政服务中心党工委委员、副主任。

2015 年 10 月 28 日

心得随笔之一

　　遇事不可惧，遭变不能乱，可谓神闲气定。纵观历来天下大事，始变之际，无不端倪显现，苗头绽露。善观善待善处，慎思慎融，静观其变也。

　　廿天以来，形势突变，个别宵小贪腐，东窗事发，可悲可叹！前车之覆，后车之戒，警钟再鸣，于今后之日之事万不可不慎也！自警自省，料无大错也。昔日熙熙攘攘，今日车马稀落寂声，盖知商人之趋利避害之本性也。商者，易物也，利者，其逐之。知之而防之陷也。韬光养晦，收其锋芒，乃人生之策也。

2018 年 11 月 12 日

心得随笔之二

　　昨晚，瑞雪飞急，今朝又日丽灿烂。喜耶兴耶，邀几友聊以美酒茶馔，道缕情慰以心田纾遣。和风丽景，不可忘却疾风骤雨，宜时时朝警夕惕，居安思危也。

　　冬景丽气，令人欣喜。前几日亲往杜甫草堂，谒之。忽忆起诗仙李白，仿佛闻其"朝辞白帝彩云间，千里江陵一日还。两岸猿声啼不住，轻舟已过万重山"。文不在华，在其真。真亦有度，过则近俚。至理也，铭之，践之，可逐级而文升也。岁月蹉跎，无暇顾文，忙碌公务不可废学习文，常叹古人之高筹，实知非一日之功也，宜攻文而不懈，养操而不辍，人生之大务也。

　　莫言下岭便无难，赚得行人错喜欢。

正入万山圈子里，一山放出一山拦。

慎记之，常行之。

2018 年 12 月 1 日

心得随笔之三

新年伊始，万象更新。宜以变求稳，以稳求安，以安求和，以和促健。铭记于心，践之于行，此年此景可无虞无忧哉。

求知不止，学习不已。偶感将帅之风，览阅胡琏之军旅，不愧为中华民族之英雄。其撰于中华民国三十二年（1943）五月二十七日正午的《与日寇决战前祭天誓词》曰："陆军第十一师师长胡琏谨以至诚昭告山川神灵，我今率堂堂之师保卫我祖宗艰苦经营遗留吾人之土地，名正言顺，鬼伏神钦，决心至坚，誓死不渝！汉贼不两立，古有明训；华夷须严辨，春秋存义。生为军人，死为军魂！后人视今，亦犹今人之视昔。吾何懔焉！今贼来犯，决予痛歼力尽，以身殉之。然吾坚信，苍苍者天，必佑忠诚。吾人于血战之际，胜利即在握，此誓!"掩卷而思，笔辍之际，无不令人涕泣而钦佩其抗倭保国之壮举。

2019 年元旦

赴厦门学习培训所感

遵河南省发改委之部署，按照省公管办之要求，乘中央"不忘初心，牢记使命"之春风，我于 7 月 21 日至 26 日，赴厦门大学参加了全省公共资源交易业务培训班。实属首次，倍感荣幸，观学兼收，受益匪浅。所感所悟点点，谦恭汇报列下：

一、领导之重视，规格之高端，前所未有。此培训由省发改委黄主任亲往亲致辞；康主任亲力亲授，跟班始终，省公管办全员参与；厦大选派著名教授言传身教，课时安排合理，课堂不厌授教，课外实地教学，教学相长，课课精彩，课课难忘，掩卷常思，历历恍若目前。经久回味，甘饴如穿肺腑。

二、教授之高明，思想之深邃，前所未闻。该培训授课教授有四：一曰袁政慧，二曰庄国土，三曰张照东，四曰张苾芜。人人学富五车，个个才高八斗，口若悬河，诲人不倦，夫如袁教授论政采与监管，引经据典，案例剖析，有条不紊，娓娓动听；又如庄教授讲"一带一路"暨前景，跻身理论前沿，高屋建瓴，众列名人逸事，数据翔实，虽矜持不苟灿笑，但豪言可鉴忠心；再如张照东教授析招投标法之问题，学法之多，列法之详，用法之准，解法之妙，实乃一法家也，听其之细讲，启吾之学法；终如张苾芜教授，年届六旬有二，课堂实庚锐减，其旁征博引，解析中美关系，其设问互动，堪景引人入胜，众生喝彩，犹如开场说书，实乃厦大教花丛中一奇葩耶！业务之要，立岗之基；业务之精，处身之本。培训之本，贵在践行，学以致用，贵在提升，此乃培训之初衷也。

三、陈公之爱国，厦门之重教，几无可比。陈公者，陈嘉庚也。吾少时即从课本知之，而亲往其故乡集美村，方知其伟大，知其高义，知其智慧，知其爱国爱华夏之赤胆忠心！倾其所有，捐资办学，慷慨散财，助国抗倭，勤俭持家，为国忘我。真乃"华侨旗帜，民族光辉"也。厦大即是陈公之杰作，与党同兴，为党增辉。名校促城荣，名城助名校，可谓交相辉映，可谓鹭岛之名珠。实乃让人余兴未尽，流连忘返。

四、培训之事虽尽，愈感任务愈艰。公共资源交易贵在事公。规范、落实、提升，永作主题。吾将更加恪尽职守，爱岗敬业，刻苦钻研业务，规范操作流程，落实法律法规，提升服务水平，不忘初心，砥砺前行，围绕"四个全面"，坚定"四个自信"，做好"两个维护"，干净做事，清白做人，担当奋进，不负市委市政府重托，努力优化营商环境，无愧于华章时代，无憾于宝贵人生。

是记之，略感之。谬撰之处，敬请不吝正之。

注：作者时任开封市政务服务和大数据管理局党组成员、副局长。

2019 年 7 月 30 日

剪不断的"脐带"

世界上的语言千种百种，关于"妈妈"一词的发音大致相同。那个词，也是全人类发自内心的最深切的呼喊。那个人，是所有人心中最亲切最温暖的人。

她总一遍遍不厌其烦地对我说我的成长经历，总说"昨天还抱在怀里，今天就这么大了"。我看见她脸上的欣喜和满足，以及岁月毫不留情的刮痕。如她提及，我也想到了一点，小时候，她总接我从幼儿园回家，第一句先问"今天想我了吗?"我不言语，只用小手拍拍心窝，换来她勾起的眼角，"那里想呀!"路上，我骄傲地向她唱着今天所学的儿歌。

自行车轮转了又转，儿歌一首又一首（便到家了，我便毕业了）。本以为这样平淡但快乐的日子会一如既往（这样的时光），直到她下岗，一月800多元工资的她下岗了。

一个从小在城市长大的女人从此每天像一个农村妇女一样，按斤剥花生赚钱，她那天骄傲地对我说："今天妈妈剥花生得了第一名，比那个××村的老手赚得还多。"当时的我都忽视了她的葱根（似）的纤纤细手，变得又红又肿，指尖出血，望着流血的手（我）每天傻傻地笑。

她在家待不住了，想要去北漂。她拉着我说："妈妈要去一个很远的地方，可能要很久呢！"我以为她就像上下班那样的还会回来，就不在乎地放手了。那半年，是5岁的我和爸爸相依为命的时光。不再有一个人，每天早早接我回家，听我唱儿歌，每天的我都是最后一个坐在教室里等爸爸的人。后来她回来了，带了给我买的新衣服、好吃的。我撇开一切，紧紧拉住她，生怕她又像以前一样一走又那么长时间。她说："不走了，妈妈永远不走了。"

后来，她不知怎么想的跟别人学当会计，买了一套套的书，每天听课，晚上熬夜做题。我依稀记得她在有些昏暗的灯下，膝上仅盖一条毛毯，带着老旧的眼镜，用功的样子，那已是深冬了呀！我也记得她得到会计师证书那天欣喜若狂、笑容满面的样子。

她是一个不怕麻烦和困难的女人。她相信任何问题只要努力就能解决。这一点日久天长便灌输给我了。就算在全班倒数，就算小升初落榜，中招失败，她从来都相信我。

从初中开始我住校了。送她转身，我仿佛觉得再也见不到她了，原本充满好奇的心顿时变得失落与不安。不敢给她打电话，怕听到她的声音号啕大哭，让她每天没出息地躲在被窝里小声哭。后来适应了，放假回家，也常像小时候一样问："想我没有呀？"我虽然嘴上说没有，但也许心里真的是想的。在学校常梦见关于她的梦，早上起来，抹抹湿的眼角，惊讶地摸着湿了半边的枕头。

她喜欢悄悄地不动声色地移坐到已痴迷看电视的我旁边，伸手将我抱着，贪婪吮吸她说的我身上的"奶香味"，她喜欢蹑手蹑脚打开我卧房的门，看看我熟睡的样子，临走在（我）脸上小啄一口；她喜欢在我回学校前准备东西时忙东忙西，啰啰唆唆；她喜欢看见电视机中的可爱孩子，转头对我说："你小时候也这么可爱哩！"；她喜欢在超市里狂买（我）喜欢吃的东西，直到我说厌倦；她喜欢的事很多，但大多关于我！

十六年前，她生我时，刚刚生下我的她躺在病床上，用虚弱的手摸摸我的手脚，担心我缺胳膊少腿，甚至少一根指头，也不知道她看见当时睁一只眼闭一只眼的我是怎么想的。我与她相连的脐带剪断了，剪不断的是我和这个有点马虎、外柔内刚、乐于苦干、永不放弃的女人永远的母女情结。

注：此文是我在 2022 年春搬家整理书房时发现的，实属偶然。据所写内容推测，约写于 2011 年，已经过去 11 年了。女儿韩玮的字写得很纤细很娟秀。我觉得此文是她自懂事以来到刚上高中这一段心路历程的一个回顾总结。2011 年她 16 岁正在开封东郊求实高中读书。她写的这篇《剪不断的"脐带"》，我用两天时间仔细辨认字迹全文誊录下来，读以后心情久久难以平静，有喜悦，有悲叹，有酸楚，五味杂陈，双泪俱垂。这也许是孩子通过文字找寻自己、赞美其母亲生她育她的初衷和目的吧。孩子撰文时，我们不知；尘封多年，也许她也遗忘，我们仍不知。但今天我们知道了。

她高中时期学习很认真用功，很能勤奋吃苦，常怀背水一战的勇气与决心，与同学们争名次，求上进，考名校，当年我们曾带她到浙大去考察激励。她高招未能达到理想，2013 年考上了河南财经政法大学，心有不甘，发愤学习，决心考研，十分珍惜四年的大学时光，不负青春韶华，日益向上进步，先后获得了三等、二等、一等大学生奖学金，2017 年顺利毕业并获得全校优秀大学生毕业生荣誉称号。同时她以全国第十三名的笔试成绩和录取名额 25 人中的第十九名的面试成绩，考取了中国人民大学农村与农林学院研究生，并于 2019 年夏顺利毕业，荣获经济管理专业硕士学位。毕业仅在家休息 5 天，按校招生录用规定就职于郑州航空港兴港投资集团，正逐步成为公司业务骨干，连年被评为先进工作者。

　　作为父亲，我为有这样争气的女儿而骄傲自豪；作为丈夫，我为有这样贤惠的夫人而倍加珍爱。剪不断的"脐带"，感恩血脉永相连！往事虽远逝，真情涌心头。老骥知路远，愿驹负重前。世间喜闻多，此文算一篇。

　　　　　　　2022 年 4 月 2 日于开封市民之家办公室

岳母《回忆录》序言

桑玉芳是我敬爱的岳母，今年已 85 岁高龄了。去年冬因我家有暖气在我家过冬天。也许我母子俩交流多的缘故，我鼓励她写点东西，总结一下自己的过往经历，她欣然同意。我给她准备了笔与纸，她每天早饭后就回忆撰写，非常认真，年里年外写出了这份文稿。妻子徐国平让我为其起个书名，当时我突然想起了李白的一句诗，"君不见高堂明镜悲白发，朝如青丝暮成雪"，于是定此书名为《朝青暮雪》。

也的确如此，此书从岳母儿时游戏回忆到晚年所乐，见证了 80 多年她从年轻到年迈、从乌发到银缕的漫长艰辛历程。她撰写此书的目的是不言而喻的，那就是铭记创业家史、传承家风美德。

我放弃午休，全文逐字逐句地进行了审稿，仔细阅读了老岳母的回忆录，感觉有这样几个特点：一是写得实。内容实，叙述得实，没有花言巧语，是一个人内心真实的反映，这也体现了她是一个实实在在的人。二是写得真。真情的流露，爱憎分明，是什么写什么，文所到情所致，真正体现了做人真善美的本质。相较之下，是我见过那些虚伪不仁的老者所不能及的。三是写得高。此文虽说是一个只有中师水平的老者所言所写，朴素之文见哲理，平常之事显智慧。内容长短不计字数，信手而为，但教人可作鉴照，闲谈可作笑料，妙高之处贵在自品。是一部难得的新中国成立初期知识分子的回忆实录。

作为女婿我们已共同生活了 28 年。过去对岳母知之甚少，这次阅其晚年力作，加深了对其的了解，深知她这辈子的生活坎坷，工作不易；深知了她用顽强的脊梁托起了一个极其困苦的家庭。有的地方读着让我泛泪，有的地方读着让我哈哈大笑，有的地方读着让我深思良久……

老岳母健康地活着，子女们觉得很幸福！作为女婿为岳母文章作序，也许前无古人，但愿后有来者。这也许是人间的一件美谈之事。其实我为其作序还是要感谢当年她择婿的无悔与信任，因为那时我一贫如洗，是一个穷困寒酸的路上书生，一个仰望星空的迷者。

闲言不再多叙，以作上序记之。也谨以此书在 2022 年母亲节来临之际献给敬爱的健康的幸福的岳母大人。祝愿她福如东海长流水，寿比南山不老松！

2022 年 5 月 6 日于开封市民之家办公室

书信篇

致疫情期间孩子们的第一封信（一）

各位孩子们好！

今天是开封防控疫情封城的第十一天。开封、郑州包括港区很多小区仍然封着。你们被封在家里或小区已经很久了，可以说达到了忍受的心里极限，我为你们点赞，孩子们好样的！

疫情并不可怕，可怕的是失去信心。疫情三年了，我们一同走过来了。这次封城是继 2020 年春以来第二时长的一次，封得突然，等得心焦，好像船到水中而看不到岸边码头。但这是事实，我们感同身受。幸好我们有吃有喝有住有一定的幸福体验。

今早我一起床就思考，古代也有疫情，例如东汉时期瘟疫流行，十不存二，近代 1875 年左右霍乱流行，死亡很多人，据我推算，我曾祖的父母就是在那次霍乱中一月之内相继离世的，曾祖 12 岁就成为孤儿，后被其已出嫁的姑姑返回韩岗村而抚养成人，所以才有了爷奶、父辈、兄弟姐妹、我与你们。这是对我们韩家族脉的一点回顾，我希望你们牢记，我也正在撰写《家族的回顾》一文，以纪念先人和传承优良家风。

每个人出生的家庭与环境决定或影响着他（她）的未来。我小时遇见了艰难困苦的大集体生产队时代，吃饱穿暖是当时最大的理想，改变命运是发自内心的呼声。所以我在与饥饿寒冷作斗争的同时，仍然不忘拿起书本读书，或借或买爱不释手，从而让我在那极其迷茫、危机生存的阴暗日子里看见了走向成功的曙光。今天你们衣食住行都不缺，都很好，却没想到遭遇了已持续数年未解决的新冠病毒疫情，或觉得生活不适应，或觉得出门不方便，或感到挣钱很难，或感到人生希望没奔头，等等，这很正常，我非常理解，因为这些我都亲身经历过了。所以今天写信给你们，也是想劝慰你们一下，可谓内心的初衷与关怀。

孩子们，面对这场旷日持久的疫情，不妨从以下四个字做起：改，即改变自己的习惯，比如卫生习惯，进家后洗手漱口，开窗通风，出门戴口罩，行走远离陌生人，不乱跑往陌生地方，不扎堆人群，饮食荤素搭配，汤水均匀，穿着干净舒心等，真正从内心改变自己的毛病与不足。耐，即耐心、忍耐，这可以说是一个人走向成功的前提与标志。我回顾自己的五十多年岁月与三十年工作经历，这个耐心让我受益匪浅，我在急躁中去奋进，我却在耐心中等机遇，多积累，少折腾，多谋思，少失误，关键时抓住机会就达到目标了。可以说一个人觉得成功的话，耐心是促进剂、助力器。勤，这个字与懒是反义词。一勤天下无难事。我们老韩家的人都有勤奋勤干的特点，这也是优良家风的一个重要方面。新中国成立前的170多亩粮田都是先辈们辛苦勤劳挣来的，这也才有了父辈们读书的资本与书香门第的传续。你们要抓住青少年时期的黄金年华，勤奋上进，不负自我，敢于创新，再塑自己的理想命运。毕竟每个人的父母给你们的不多，或不够多。其实我不希望你们过多依赖父母和别人，而应自修内功，善于利用主客观条件，实现良好成长。懒字害己，终将无成。读，读书这是不能丢的一项生活内容。要常读书，再忙再累也要想着读书，读你喜欢读的书，可读历史、文学、科技、理财、烹饪等方面的书，心有目标，贵在践行，列出计划，积少成多。读书的目的是长知识、扩胸怀、明事理、促挣钱。书中自有黄金屋，古人早已有训，不要老是抱着手机玩游戏，自毁眼睛，贻误了青春美好时光。

　　以上是我思考絮叨之言，思绪紊乱，条理不章，既有我在当下的感受，也有我过往的人生感悟，晨起突发灵感，不由抒信劝慰，但愿孩子们疫情期间继续努力，继续坚守，继续驶往自己的航向，胜利的喜悦在彼岸，艰辛风浪过后我们再欢庆。

2022 年 11 月 3 日于嘉泰新城家中

寄疫情中儿女书（二）

疫情连三年，

家书抵万钱。

勉子多沉静，

曙光在眼前。

人马匆忙行，

营生奔西东。

待过驱疫日，

谈笑花丛间。

2023 年 1 月 30 日

给父母的信

爹妈近安：

　　近来家里还好吧，离上一封信已有一个月了，在这一个多月里我是多么思念您们呀！但又不得随便离校，所以我也便安下了心。

　　近来您们二老的身体还好吧？上次来信说，爹爹从我走后套车拉土准备盖两间西屋，一定很累的。我知道爹爹也是性急人，千万不要为盖房而累着。已经半个多月过去了，不知修起没有？慢慢盖吧。家里没有人帮忙真是不好过的。

　　您们常说，我们比您们强多了，这我承认。您们承受的苦难是做儿子的一辈子也不可能尝到的。您们很满足，生活得还很不错，尽管咱家生活困难。这就好。对我来说，吃穿孬好没关系，只求能够为家里做些实在的事情，能够

让您们二老及兄嫂、姐姐都满意的事情。

往前五月我就整二十岁了，过得真快，一晃二十年就过去了，再有二十年我不知又变得如何呢？但我倒希望二老长寿、健康、幸福地安度晚年。

好了，写得够多了，字迹有点潦草，但我老爹爹还是能看懂的。这刚下过一阵雨，不知家中是否下过？但愿咱家的麦子长势喜人，取得丰收。

祝二老身体健康！心情畅快！全家人都好！

1989 年 3 月 26 日

致吾父

昨日躺在床上看闲书，我妈发来视频邀请（高科技应用得溜溜的！）接通之后一边刺啦刺啦用胶带缠着要寄给我的红心猕猴桃，一边说着家常。把我本不想带的衬衣塞里，希望我不要厌烦，家里的电视色不对了，昨天你又喝多了……这样的她真的是平凡得可爱，但又平凡得伟大。我心疼她上周末在家打扫卫生，手上磨了几个泡，也心疼你公务缠身，疲于应酬，酒不得不喝还要伤身。

来帝都上学将近一年，极为优秀的同学、繁杂的学业以及对未来的迷茫都让我感到很不适应。不得不说，学校和学习生活都和我原本的设想有出入，但是既然是自己选择的路，跪着也要走完。远离熟悉的一切，在陌生的新环境里才能意识到有些事物的珍贵，比如吃喝玩遍的家、父母的爱和本科时期或多或少虚度的光阴。后悔是最无用的事，与其后悔还不如抬头向前。"一定要抓住机会，把握住机遇"，每次在紧要关头，脑中不知不觉就响起老爸你常说的这句警言，提醒懒散的我不要沉迷玩乐，与人生转折擦肩而过。骨子里带着骄傲，甚至是自负，有的时候很固执，不会去刻意讨好别人，也学不会对别人冷嘲热讽，看不惯的事情很多，所以会莫名地生气，有如此性格的你我绝对是亲父女了，以后我要是能学会你的大智就更好了。

高处不胜寒，受到上司的信任身居要职固然是好，但随之而来的"风险"也确实很让我、老妈和其他家人为你担心，最重要的还是你的身体。性子直，不会耍花样，推脱太多要给面子，别人的面子是有了，可能事也办了，剩你醉醺醺地回家乱吐让我妈收拾，这一回两回还行，天天如此，是换肝还是换胃啊？我妈胆小，心脏也不好，天天工作就挺累了，回家还要操心你，老爸你要是保护好自己，她脸上估计要少长一半皱纹，也没那么絮叨了。

照顾好自己，饭桌上少喝酒多吃菜，办公桌上少说话多干事，回家少发脾气多看电视，一切以身体和心情为主，为自己，为家人。

（看书无聊当空，写下这些点拨点拨老爸，也抒发一下自己，权当建议，再多说一句，酒乃穿肠之毒，厚生者当远之！）

2018 年 8 月 23 日

回致女儿

看了你的微信，我很感动。你说得很对。身体是自己的，要注意保护。官位都是暂时的，我会正确看待和做事。你对老爸的性格和脾气了解之深，令我心服。我昨天也跟你妈交流了，保证酒不再傻喝了。其实做人真的很难，男人更是如此。况且现在的人真是趋炎附势的多，要防范被"围猎"。我在围场中，不能迷瞪，更不能中枪，如何避开风险直至光荣退休真的是一个大课题。针对这个，你和你妈，大可不必担心，因为我每天也在动脑筋，提升自己，防范外险。我也知道，酒是我的天敌，我必须慎重将其击败，否则，我将败退，亦将连累亲朋。放心，乖，老爸也常常慷慨古人，老骥伏枥，志在千里。不会停步，不能颓废，因为很多事还等着我去完成，不留人生之

175

遗憾！

　　最后，爸妈祝你学习顺利，前程似锦！

2018 年 8 月 23 日

回忆篇

家族寓我

今年已临近年尾，岁月不知不觉要把我带到 55 岁的日子里。我也从一个风华正茂的青年人逐步变成了一位双鬓点白的中年人。岁月悠悠，岁月无情，每天都让我慷慨不已，我老是对过去进行回忆，陷入思考，常常扪心自问我究竟从哪里来？又到哪里去？思前想后，很有必要对自己走过的路给以回顾和瞻望。

朱仙镇西韩岗村是我的诞生地，也是我的故乡。从上小学开始，学校就要求填写家庭出身，那时就光知道填写"富农"成分。据父辈讲，我们这脉韩氏家族在祖父这辈已经是五世单传，家族延续相当危险，人丁思旺。曾祖父名讳德俊，祖父名讳松。父讳文选，二伯父讳文良，大伯父讳显斋、年轻时亦名文明。据大伯说，曾祖父之姥爷家住在黄河边，从西韩岗村去一次来回两三天，大伯小时候曾随他爷爷奶奶赶着牛车去黄河边走过亲戚。

曾祖父，生于1880年左右，仙逝于1938年泛黄水的夏季。他12岁那年父母因患伤寒病在一个月之内相继去世，沦为孤儿。当时，他的已嫁到水坡乡北贾砦村的姑妈又返回西韩岗娘家，担起了扶养侄子成人的重任，最后终老在本村。曾祖父长大成人后娶水坡苏桥村之女成家，年轻时在朱仙镇南柴口以贩柴为营生，勤劳致富，买田置业，在村中颇有人缘。曾祖母约仙逝于1955年，生育一子一女，姑奶嫁东辛店杜家，寿老一生。

祖父生于1899年，仙逝于1985年11月（生卒均为阴历，工作为阳历）；祖母王克荣生于1897年，代庄村人，仙逝于1976年8月。生育三子一女，女十几岁时待嫁夭岁。

大伯父生于1921年6月27日，仙逝于2012年4月21日，娶西辛店村王氏，她生于1918年，仙逝于1997年12月。生育三子二女，新中国成立前因医疗条件差，三子未成而夭。长女留枝嫁水坡乡三元王村苏保国，次女合枝嫁本村郭冬林。

二伯父生于1932年12月，仙逝于2015年12月，娶庄头乡西杨村王氏，她生于1931年，仙逝于2014年11月。生育三子三女，长子留宝、二子胜利、三子保建，皆务农；长女留院嫁村东一户张村方富国（小石），二女新院嫁腰甫村辛小旺，三女小梅嫁水坡乡闹店村曹国旗。

父亲韩文选生于1935年8月21日，在2020年年初因患老年性肺病，仙逝于2021年元月28日。母亲谭秀荣生于1933年8月16日，2015年初夏因患脑梗仙逝于当年4月21日。生育三子二女，长子新建，二子长建，三子国建；长女杏枝嫁水坡乡北贾砦村贾广永，二女全枝嫁本村东辛店杜克飞（兵记）。

以上是我根据所知，简要把我们整个家族的基本血脉关系进行了理顺和叙述，目的就是一个：不忘祖宗先人，传承教育子孙。下面，我以年过半百的55年的经历，按照一旬12年的岁月生活工作状况给予回忆，或回想，或叙事，或分析，或概括，也算是对自己大半辈子的总结，酬报自己人生，报答父母恩情，回馈岁月峥嵘，激励子孙前行。

一

我1969年5月20日出生在一个贫穷的富农成分的农民家庭。1976年夏天入本村韩岗学校启蒙上学，当时学习条件很差。约在小学二年级时，受兄长影响开导，遂发愤读书学习，相继读完了《西周故事》《东周故事》《春秋故事》《战国故事》，热爱上了中国历史读物，常常登门借书而读，对其中的人物故事颇感兴趣，受益匪浅。再加之当时处于计划经济大集体时代，家家户户都很穷，逢春节贴春联都是手写的。全村人都是临近春节进入腊月，几分钱买一张红纸往大伯父家一扔，让大伯父"先生"用毛笔书写，不耽误除夕贴上过新年。他一边干农活，一边写春联，经常忙得不亦乐乎。因我们是土院墙一门两院，所以我常跑他家去看写字，后来大伯干脆说，"长建你下手写吧"。于是我跟着大伯父学写起了春联，不管楷体还是行书，竟然掂毛笔写就了，从而保证了每年春节除夕晚上家家都贴上了大伯父和我撰书的庆新年春联门对，让家家户户欢欢喜喜。在学习中我刻苦读书，遵守纪律，不几年就脱颖而出。1978年国家恢复高考制度，更加激发了我努力学习、通过读书改变命运的欲望。约十岁时，我被学校推荐担任了全校少先队员大队长，当时全校师生足有400多人，我担负起了对小学部、初中部的学习纪律作风卫生等方面的督查检查重任，每天课前带领少先队中小队长进行班级巡查，多次受到了校长和广大师生的表扬和夸赞。1981年小学毕业进入初中部学习，我都是以班长的角色带领同学们好好学习，天天向上。当然，义务劳动也是榜样，勤工俭学给学校割草、拾小麦棉花、过冬垒窗户等力气活都干得很出色，年年都被评为三好学生。我们兄弟姊妹们的奖状整整贴了草房堂屋的一面墙，在那个贫穷艰苦、饥寒交迫的年代，学习奖状成为自己努力的目标和父母的骄傲！1981年，随着改革开放春风的沐浴，学习生活条件得到了极大改善，我家扔掉了杂面锅饼和窝窝头，吃上了小麦白面花卷馍，家里分上了自留地，副食蔬菜也能吃上了。村里大多群众都很高兴，不过个别吃大锅饭习惯的村里"权贵"们经常骂骂咧咧的。1982年夏天，我村彻底实行了农村家庭联产承包责任制，广大群众拍手称快，我作为七口之家的一员参与了本村九组的分田分地分骡马的全过程。当时我曾创作了《唢呐声声》微小说、《瓜秧歌》等文学作品，受到了师生的好评。

<h1 style="text-align:center">二</h1>

1984年夏天，我考入开封县一中去读高中，按孔子经历说法也是"十五游于学"。县城离家有30多公里，比较远，也感觉陌生。我清楚地记得开学后20多天第一次借同学的破自行车回家，带几十斤小麦返校，途经朱仙镇北老饭店村里，刚雨后路又不平，结果车内胎被扎烂泄气了，一时让我犯起了难，推着走着，最后不知是如何返回了学校。那年中秋节前回家，因急着返校去村河西开尉公路搭长途公交，竟从早上八点等到十点没有车停靠，我就从徐

寨村口走到朱仙镇北关，还是没有搭上车，那时已中午了，于是就掂着书包向开封步行，走一路就遇见一辆长途公交车却还不停。我继续前行一直走到开封南郊南菜屯一带，穿越菜地经过烟厂、空军大院到达杨正门村那儿，已经是下午3点多。我累得精疲力竭，又渴又饿，看到路边缝会上有卖小苹果的，便用一毛钱买了五个小苹果，谁知一吃都是"金玉其外，败絮其中"，又顺路捡了一根小黄瓜头吃吃，总算有点力气了。就这样步行着约于下午5点半走到了学校。当晚我吃了五个馒头，晚自习没上，第二天早自习也没上，直到同学孙建军去寝室喊醒我才起床上课。这件事直到我大学毕业参加工作后才告诉母亲和家人的。我高中入校后学习很刻苦用功，通过当年秋季的期中考试评比而名噪全年级，获得四个班第三名，校长亲自为我颁发了三元奖学金。高二年级分科我学的文科，语政地史成绩优异，数学学习吃力，英语中等，总体名列文科前三名，名噪校园，感谢班主任芦洪太老师没少关照我。记忆犹新的是，当时的学生住宿条件很差，一个寝室住几十个男生，上下木板大通铺床，冬天铺上稻草而取暖，结果害虫咬得我长了两次脓包疮，生疼难愈，让人十分地痛苦。1985年冬，爷爷的去世也让我伤心了一阵子。1986年让我记忆深刻的是暑假干农活给玉米追肥，还施的是散装的氨水，施起来很是刺激鼻眼，生产生活条件相当艰辛。1987年春夏高三年级高考前夕，因得一场伤寒病，我学习成绩迅速下滑。当时病情严重，身体时冷时热，少气无力，食欲不振，身体极其虚弱，班主任吴老师劝我休学回家治疗。我搭车回去走在河堤上，一步一挪难以迈步，那天幸好碰见二伯赶着马车卖东西回家，顺路把我拉回了家。休学在家期间，母亲每天不仅为我做可口的饭菜补养我的身体，而且早晚去请村医来家给我打针输液，经过近一个月的精心调养治疗，我身体基本上恢复健康了。我清楚地记得我是在离高考日7月7日前整一个月时返校复课的。那天我骑着车带着被子到达县城，因刚下过大雨，到处是很深的积水，以致我多绕了好几公里的土路才到达了校园。当年高考因是取消预选、全员参加的第一年，数学题很难，加之平时练习不够，没有考好而以一分之差没达建档线。这一年可喜的是兄长在工作五年后经过各种曲折于秋罢结婚成家了。

1988年是我终生难忘的一年。在高中复读的日子里，可以说我是五味杂陈，难以言状，压力山大。第一次高考的失利，家里亲人没人埋怨和责怪，但是我自己却像一个斗败的公鸡整天唉声叹气，郁闷不已。当时的农村状况和社会现实也让我没有退路、没有选择，干农活没经验，当兵入伍条件勉强，必须努力去读书学习，改变命运，实现自己的梦想。于是我从1988年元旦过后，痛定思痛，迅速甩掉思想包袱，进入刻苦复习的拼搏状态。我注重扬长避短，

185

总结经验教训，在强课上进行巩固保持，在弱课上一改过去数学重记公式、轻练习题的毛病，重点在提高数学分数上下功夫，不耻下问，不吝交流，专门建立一个难题纠错本，疑难杂症题尽录其中，以备巩固之用。功夫不负有心人。在当年夏季的高考中，我在文科语史地三门都占优势的情况下，数学考了满分，超过了480分本科线，令我终生难忘。也正是数学考得出色，当年8月份我提前批被录取到了河南师范大学政教系思想政治教育专业。是月下旬，我骑车去学校接到大学录取通知书，并登门拜谢了恩师王世觉。他既是兄长在陈留四中就学的语文老师，也是我在县一中就学的语文老师，他不吝赐教，寄予我厚望。他虽是回民，但爱生如子。记得1986年冬，父母在深夜凌晨起床从老家赶骡车往县城给我送粮食，到达学校已是上午10点多课操时，他们又冷又饿。王老师听闻后，立即把我父母领到他家里，嘘寒问暖，热情不已。不多时师母又为我父母端上了香喷喷热腾腾的羊肉烩菜和白馒头，吃得父母暖心感激，牢记了一辈子。1988年9月3日，大学开学报到，从此我开始了四年的大学受教学习深造过程，开启了全新的人生篇章。

那时上大学的时光是无比快乐的。因为刚恢复高考时间不久，计划经济条件下考生多、难度大，对农村孩子来说考上大学吃上"商品粮"那是一件梦寐以求的事，用

"千军万马过独木桥"来形容一点都不为过。我们政教系88级只有一个班，记得入学时有同学81人，结果毕业时仅剩下74人。其中因申请退学、留级等掉队7人。当时我们班在全校是出了名的。一是学生出问题多，我们班有几个体育特长生，历届运动会成绩在全校名列前茅。我有幸在这个班级得到了学习与磨炼，也曾当了两年多的班干部宣委。那时已经作为成年人，我深深认识到大学是一个大熔炉，大浪淘沙，不进则退，识时务者才为俊杰。在四年的时光里，我能够刻苦学习，遵守学校纪律，认真研读专业课，不仅学好马列原理，而且重要的是钻研掌握原著的精髓。如《资本论》剩余价值学说、科学社会主义原理等，让我笃学深思。我虚心向系里的王文哲、张文西、刘玉珂、轩辕慎礼等教授请教，深得他们精心传授。同时，我积极利用学校图书馆藏书多、好借阅的优越条件，对我国古代近代的名人思想与成就进行了深入学习研究，对西方哲学历史经济等方面的名著进行广泛阅读涉猎，开阔了思想眼界，改进了思维方式，提升了对社会的认知能力。在大学期间能够积极团结帮助同学，乐于助人，广交学友，我人缘较好，深得师生的好评。在1989年春夏之交的政治风波中，我立场坚定，坚决拥护党的领导，旗帜鲜明地反对资产阶级自由化思想。记得当年深秋兄长曾专门乘车怀抱侄子克允去新乡，到学校去看我，令我欣喜不已。1992年3月我带队到原阳县教师进修学校去教学实习，曾为学员讲授辅导《普通逻辑》卫电大专课程，受到师生一致好评。1992年7月初，我大学毕业，顺利完成了56门课程学业，获取了由时任校长王绍令签发的大学毕业证，并被授予文学学士学位。在大学四年的时间里，我时刻理解父母和家庭的艰辛，做到了勤俭节约，不攀比，不浪费，精打细算。从入学进校开始到毕业出校回家，每次的花销我都记录留账，大学四年总花费2083元，其中书本费170元。大学毕业那年我已23岁。由于双向选择地方需要高学历人才，我放弃去省会郑州任教和到其他地市国企工作的机会，在家待分配两个多月，于当年10月被组织分配到了开封县交通局上班。从此我结束了"十五游于学"的经历，开始了"二十郎当岁"的岁月，那就是走向社会、去学习、去工作、去实践，去打拼。路漫漫，其修远兮。一介书生，不知前途通向何方？唯有努力奋斗与闯荡。

三

初入职开封县交通局不久，就迎来了1993年元旦。我被分配到办公室从事文秘信息宣传工作。经过几个月的业务学习和环境适应，我迅速进入了工作角色，学以致用，起草撰写了许多交通工作信息简报，上通下达，当年就被局评为优秀宣传员。1993年下半年就被任命为局团委副书记，当然是兼职从事团委工作。在年底县委组织的《党章》知识竞赛中表现优异，为局赢得全县亚军。1994年又被提拔为局团委书记。当时局机关里工作人员少，老同志多，年轻人少，但下属单位运管所、路管所年轻人多，需要发挥团员的工作积极性。此年我已经25岁，春天经同事介绍，于当年11月28日（阴历十月二十六）与徐国平结婚，建立了一个家庭。回想起来，其实我在入职时，办公室主任已响应上级和局党委号召，下海经商办实体了。办公室主任一职由局党委副书记兼任，所以大量的文秘工作都由我去处理，可谓忙碌并快乐着！由于工作勤快，思路清晰，善于协调、团结同志，1995年5月初我被提拔为局办公室主任，负责组织、协调整个局和下属四个单位230多人的管理工作，重任在肩，敢于承担。在当年夏陈八公路通车典礼中，我不辞辛苦，文风创新，认真撰写的县长在通车典礼上的讲话受到广泛好评。1996年8月被县委抽调参加了全县乡镇党委集中建设活动，与其他三名队员圆满完成了驻乡工作任务。1997年几乎全年又带领县交通局、县畜牧局等单位的30多名同志到陈留镇驻村帮扶，成效突出，10月份被提拔为局长助理。年底又被抽调参加了县委对部分乡镇领导班子的考核工作，不断受到组织锻炼和考验，于 1998 年 1 月 13 日被调入中共开封县委组织部工作。在县交通局工作的那五年多，我可谓初出茅庐，一切都是从头学起做起，无经验可谈，但让我有以下几点体会：一是要学以致用，善动脑筋，把书本理论变成工作成果；二是要工作勤奋肯干，不可偷懒，处理好轻重缓急工作任务；三是要乐于接受批评，能吃话受气，委曲中见胸怀，多为领导考虑担当；四是要注重自身干部形象，做到身正言正公心为上，公私分明，方能赢得大家信任，年轻气盛务戒骄躁。

自从 1998 年元月调入中共开封县委组织部以来，我开始了"三十而立"的奋斗拼搏历程。在县委组织部工作那是相当的不容易。当时全县有 20 个乡镇（场），85 万人口，365 个行政村，全县党员有 2 万多名。部机关设有组织、干部、电教、干监、档案、知工、人才、办公室等科室，仅有 18 名干部职工，所以组织干部管理教育工作任务相当重。我调入后直到 2003 年 2 月，一直在组织科工作，先后负责党建文案、基层组织建设、三级联创、发展党员等工作。尤其是在全县的"三级联创"党建工作中，我在县委、部领导的正确领导下，负责"三级联创"办公室日常工作，我能够大胆管理，注重创新，标准高，考核细，营造了全县党建竞相争先的良好局面。组织工作的主要特点是创新。我通过深入基层调研，创新拟定了《县乡村三级联创考评细则》和《县直五好行业党委考评细则》，受到上级肯定表扬，并在全市推广应用。开封县自1999年至2002年连续四年被省市评为农村基层组织建设先进县荣誉称号。2000年8月，我被任命为组织科副科长。2002年3月，通过全县公开选拔，我被提拔为县委副科级组织员。可以说我此时是用了近十年的苦干努力才结出了一个仕途"小苦瓜"，当然也品尝到了通过奋斗取得成功的喜悦。全县365个行政村，我去检查督导过的要占90%。2003年2月，我被调整到干部科工作，任副科长兼知工办主任。干部科的工作特点主要是规范。在2003年2月全县副科级干部选拔、团委书记选拔、武装部长选拔工作中我积极发挥作用，认真考核考察，建言献策，促进了选人用人质量。在当年初的疫情防控、市县干部"三个代表"驻村管理工作中表现突出，被市委授予开封市优秀共产党员荣誉称号。2004年，我积极参与并督导了全市组工干部"对内监督、对外公平"的创建活动。在2005年8月全县科级干部大调整中，我任劳任怨，细致工作，按章行文，保证了人事任免工作质量，受到同志们一致好评。在全县的选调生考核晋升工作中，我坚持标准，注重德能业绩表现，认真考核推荐，使得一批省市选调生通过基层锻炼而脱颖而出，目前已有十多名同志走上了县处级领导岗位。2005年7月，我被提拔为县委人才办主任，兼任县委干部监督室主任。2006年3月，负责干监室日常工作，我通过加强科级干部监督教育，认真审查档案，坚持原则，积极向上汇报，较好地处理了组织上历史遗留的个别老干部和专业人员的个人问题，体现了组织部门公平公正的工作宗旨。

四

2007 年是我人生实现重大转机的关键一年。是年 4 月下旬，我有幸被市委组织部抽调派遣带队到全省有关大专院校去考察政审省派选调生。在此项工作中，我不仅得到了考验和锻炼，开阔了社会视野，而且自己的组织、协调、社交等能力都有了大大的提高。当时用近 10 天时间，我与市人社局的王科长不辞辛苦，辗转郑州、洛阳、南阳、信阳等地，积极接洽，圆满出色地完成了考察任务，受到了市委组织部有关领导的表扬。在 5 月初汇报工作完毕后不久，中共开封市委就向全市发出了公开选拔副县级干部的公告。对符合条件的我来说，在市县组织部主要领导的大力支持鼓励下，我积极参与了报名和备考。清楚地记得，我于 5 月 22 日坐公交车到市北书店街挑买了有关公选辅导书籍，回家后昼夜研学，复习备战，每天几乎无休，努力找回当年"司马卧枕"的学习劲头。6 月 10 日参加了笔试，成绩可喜，进了面试名单，报纸跃然公示和电视广而告之；6月20日，在市委党校进行面试，那天参加的68个考生是从920多人中脱颖而出的，其中18个免笔试博士生，按照1：5的比例进行面试考察。经过一天高度紧张的结构化问答和无领导小组讨论两场面试，我又成功进入了考察对象名单。那天走出党校的大门，已日坠西山，真感觉是思维集中，专注投入，以至竟忘记了当天是我38岁的生日。6月26日市委派考察组进行了组织政审考察，为了加强对考察对象的表达能力、个人形象等深度了解，又增加了一个电视演讲考察环节，可谓创新之举。其实开封市这次公选自始至终都是在中央组织部的指导监督下开展的，社会关注度相当高。7月19日市电视台和《开封日报》向全市进行了拟录用名单公示，本人荣登名榜。30日市委下发了任命文件通知并召开了集体谈话会，我被任命为中共开封市委党史研究室副主任，市委知人善任，符合我的专业特长，给予培养锻炼。

8月13日，在市、县组织部领导的关心支持下，我向时任中共开封县委、县政府主要领导辞别后，县委常委李振海部长亲自把我欢送到市里新任职单位市委党史研究室，对外也叫市委党史办。这个单位人不多，在解放路北土街办公，主要职能是研究宣传中国共产党的光荣历史，以史为鉴，资政育人。又因原国家主席刘少奇在"文化大革命"

中病逝于开封，为缅怀纪念他成立了"刘少奇在开封陈列馆"。我履任后负责党史一科和刘少奇在开封陈列馆的工作。回顾起来，我在市委党史办工作了五年整，虽然处在一个"清水衙门"中，但我感觉在工作中收获还是很大的：一是让我对党的光荣历史有了更加深入了解和研究，多次给机关事业单位党员干部进行宣讲授课，发挥了党史资政育人作用。二是由我牵头对刘少奇在开封陈列馆进行了管理修缮，使之成为全国青少年爱国主义和德育教育基地，并为徐向前元帅和杨成武上将建立了革命事迹展览室，在增强开封旅游文化知名度的同时创造了良好的社会效益。2009 年 11 月，我有幸被中央文献研究室邀请参加了国家刘少奇生平思想研究会成立大会，并被聘请为常务理事。同时提高了馆内职工待遇，调动了职工工作积极性。三是积极参与《开封红色革命遗址》普查、编纂出版工作，按时完成了部署任务。任内发表了《论共产党员修养的现实意义》《党史要发挥资政育人的社会作用》，在建党 90 周年撰写的《以苏共亡党为鉴高举马克思主义伟大理论旗帜》论文，被省委组织部评为优秀论文，并被收录《纪念建党 90 周年党建理论论文集》。四是通过接待接访和外联活动，在处理矛盾、工作经验和理论水平上有显著提升，在社会活动中有了深刻感悟和有力实践，促进了我市党史研究工作，成绩虽微，但很欣慰。

在党史办工作的那几年，也正是我"四十而不惑"的时期。只有经历了才会明白，实际上 40 岁时虽然风华正茂，血气方刚，但我内心实际上充满着无数困惑，此时上有老，下有小，事业正处于上升期，进艰难，退危机，社会家庭责任重大，可谓昼思不已，夜寐不眠，颇有心力交瘁之累。我认为身处在这个年龄段，一定要重新审视自己，扬长避短，寻找新的出路，努力破局。常言说，人怕出名猪怕壮。尤其是在官场，木秀于林易遭恶风。或妒之，或讽之，或谗之，或毁之，防范小人之心不可放松，因为这是人性的问题。我作为一个凡人同样遇到了这些人和事，但我还是在困境中找到了破棘的出路。诚信为本，与人为善，身正影直，韬光养晦，扬长避短，善谋善做，这些基本涵养和实践都不失为走向成功的人生技巧与艺术。

2012 年 8 月 15 日，在市委的培养关心下，我从市委党史办调整交流到开封市行政服务中心工作，任党工委委员、副主任，在宋城路与金明东街交叉口那儿办公，负责重大项目联审联批工作；10 月到井冈山、深圳等地考察学习。2013 年先后到南京、武汉、邯郸等地去考察学习他们的行政服务工作经验；8 月开始筹建开封市市民之家。2014 年 7 月 1 日，开封市市民之家正式组建成立，同时对外办公服务。我认真组织实施了进驻窗口与本机关乔迁搬家工作，认真筹备了市民之家开放办公庆典仪式，协调开通公交专线，顺利完成了工作业务"零缝隙"办公，受到了广大市民的好评。市行政服务中心代表市政府管理市民之家，负责行政审批事项核准，办事服务质量督导，协调重大项目落地手续，制定落实公共资源交易流程规则，对县区行政服务大厅进行业务督导，为全市广大社会主体和市民群众提供便民利民、廉洁高效的公共服务。自从迁到市民之家工作后，任务多，担子重，我由原来的仅负责重大项目联审联批工作，又增加了党务党建、组织宣传、共青团、工会和窗口人员纪律作风督查工作。当时市民之家大厅进驻了 46 个行政单位窗口业务，包括水电气暖邮政银行公交等业务，还有人社局、不动产登记、出入境管理局、国有新惠公司等整建制单位，工作人员达 1500 人，每天进出办事群众多达万人次。在 2015 年、2016 年、2017 年 7 月前这段时间里，我不辞辛苦，任劳任怨，兢兢业业，大胆管理，积极处理完成自己分管的各项工作任务。2017 年 7 月中旬，由于单位主要负责人的调整，我又分管了除了办公室业务外的全部工作，当然也包括行政审批事项业务工作，可以说天天忙得脚不连地，紧张焦虑，夜不能寐，一心奉公。在下半年时间里，我积极下县到基层协调，向上级汇报，争取财政支持，在全省率先实现了"互联网＋政务服务"网络对接，为行政服务事项、便民服务事项等网上办理打下了坚实基础，同时又在全省率先建成了重大项目联审联批办理系统，为国家、省市重大项目部门参与、协同办理提供了便利网络平台，受到了省、市有关领导的肯定与好评。2018年年初，又调整分工，让我负责市公管办的工作，主抓全市公共资源交易管理工作。2018年5月，全市实现了全流程电子化网络交易服务，改变了原来的线下交易模式，制定规范，优化流程；7月随省公管办组织的考察团赴兰州、新疆生产建设兵团、阿克苏等地考察交流工作经验；8月在省公管办要求下，作为第一批试点，积极与许昌市对接，实现了远程异地评标工作；在年底工作考核中，被省公管办评为优秀等次。掐算起来，我在市行政服务中心工作了6年半时间，有以下几点体会和收获：一是在这期间，我学习到了许多工作业务，经常接待办事群众，极大增强了为民服务意识和公仆情怀。二是单位主要领导因种种原因，更换频繁，水平能力又各异，作为副职要积极补台，以事业为重，严以修身，严以律己，严以用权，廉洁自律，坚守底线，坚持打铁先要自身硬的道理，切不可随波逐流，放任自我。三是处理好工作与家务的关系。父母年迈要常看，孩子学业要常管。2013年夏，女儿韩玮考入河南财经政法大学。2016年年底她考研笔试过关，2017年3月初我们一家三口赴中国人民大学面试，后我与孩子又赴西北农林科技大学面试，终于成功就读于中国人民大学农业与农村管理学院。10月国庆节期间，我带领老父亲到北京故宫、长城、天坛、颐和园等景区去游玩，他感到特别开心和幸福！2019 年 6 月女儿顺利毕业并就业于郑州航空港区。可以说我完成了父母培养孩子教育的责任。四是已届"五十知天命"之年，要注意身体锻炼，平衡心态，戒烟限酒，健康是工作的本钱。日常要慎交社会朋友，防止"围猎"与"跳坑"，做一个头脑清醒的明白人。

五

2019 年 1 月 14 日，行政机构改革，在开封市行政服务中心基础上组建了开封市政务服务和大数据管理局，管理业务增加了，人员编制也增多了，我的工作任务更重了。2019 年 2 月我被任命为局党组成员、第一副局长，仍负责公共资源交易管理服务工作。7 月我受邀参加了国家发改委组织的世界银行政府采购评估培训座谈会，积极完成"放管服"各项改革任务。面对 2020 年 1 月突然而来的新冠病毒疫情，我没有害怕与退缩，而是大胆创新工作，锐意进取，3 月上旬疫情一解封，我就抽调专人研发远程网上"不见面"开标系统，并于 5 月建成全省首个远程网上"不见面"开标大厅，为广大交易主体节约了大量时间人力财力成本，受到了上级和外地同行的好评。2019 年至 2021 年连续三年，在全省优化营商环境评价考核中被评为第一名，2020 年 5 月晋升为第一副局长、三级调研员。本人于 2021 年被市委、市政府授予优化营商环境评价工作表现突出个人荣誉称号。2022 年 6 月以党组成员、第一副局长身份晋升为二级调研员。老骥伏枥，壮心不已。虽然身体没有年轻时健壮了，眼睛昏花了，鬓角斑白了，力不从心了，但我依然保持着自己年轻时的早睡早起、卷不离手的习惯，甘愿老干扶新枝。当然了，我也希望退休前组织上再给予晋升肯定。在 2023 年年初疫情彻底放开以来，我继续认真履职，按照党和政府的决策部署，砥砺奋进，勇毅前行，在全市公共资源交易改革、实行工程建设"评定分离"创新做法中发挥了积极作用。2024 年 4 月，由于机构改革，开封市政务服务和大数据管理局更名为开封市行政审批和政务信息管理局，我继续履职尽责，发挥着纽带作用。

回顾五十多年的过往岁月和三十多年的工作历程，可谓酸甜苦辣咸，五味俱全。又像是一场人生竞技比赛，上半场的功名利禄已经谢幕，下半场的福寿安康才刚刚开始。生为凡人，孰能无过？不求人夸颜色好，但愿清香留人间，这也是我的平生追求和晚年的夙愿。至于对后世子孙们谆谆之言是：耕读是世传的家风，勤俭戒奢是持家的根本，积德行善是立身的源泉，耿直求是远小人，巧言令色非吾友。昔日大伯父曾说，我族口传属"文公韩"一脉，世传辈分子女起名单字与两字交替而用。新时代啦，因缺乏族谱，也没有严格实行起来。我辈曾起过单字姓名，没有叫响开来。为了后世子孙昌隆，开枝散叶，传承有序，自侄辈起始，我经过认真思考，拟定了如下四句话，可作为本族谱用字："元本家业兴，济世可昌隆。书学存颜玉，福泽万魁定。"不必强执，仅供参考。

　　甲辰年春，百花待开，万物复苏，泉思汩涌，撰文记之，以慰己骸，以飨子孙。

2024 年 3 月 5 日

后 记

"少年不知勤学早，白首方悔读书迟。"这是我儿时经常背诵的父辈教诲的诗句。在那艰苦的岁月里，我把这两句诗文认真记了，内化于心了，外化于行了。所以我从小渴望自己也能通过读书改变命运，通过写作感悟人生，通过效仿古人也表达自己的心声。五十多年过去了，好像我有准备似的把过去的笔墨点滴整理了出来，实现了个人小小的心愿。不论是游记、理论研究、诗词歌赋、上学日记、心得随笔、邮札书信还是当前回忆录，都是我随流逝的岁月认真构思撰写的，有的已尘封多年，有的读后泪流满面，有的率真抒情，有的让人记忆永怀，等等。每个人的家庭出身、父母抚育、求学经历、工作历练、个人修养都迥异不同，但渴望人生成功是相同的。此文的编著出版其实是对我自己的一个小结，孤芳自赏的同时但愿能给亲爱的读者散发出一点儿诱人的清香。

此书的编辑出版，得到了夫人徐国平的赞成支持；受到了孙玉亮、李凯峰、郭新华等好友的大力帮助支持，他们都给予了有益的建议和鼓励；靳静依女士不辞辛苦，打印校对文稿。在此我一并表示诚挚的感谢。由于本人水平与经验有限，不足之处，敬请直陈批评指正，不胜感激。

韩长建

2024 年 4 月 17 日

凤鸣嗒语集